PROMENADES

DANS LA VILLE D'ARLES

PROMENADES

1989

DANS LA VILLE D'ARLES

ET DANS SES ENVIRONS

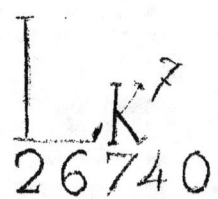

PROMENADES

DANS LA VILLE D'ARLES

ET

DANS SES ENVIRONS

PAR

RÉVEILLÉ DE BEAUREGARD

Lauréat et membre correspondant de la Société de Statistique de Marseille
membre correspondant de l'Académie d'Aix, de l'Académie du Var et autres
Sociétés savantes; correspondant de l'Académie royale d'histoire de Madrid;
officier de plusieurs ordres.

OUVRAGE SUIVI D'UN DICTIONNAIRE EXPLICATIF

DES ABRÉVIATIONS ÉPIGRAPHIQUES DES ANCIENS MONUMENTS

> « Négliger l'étude de l'histoire, c'est
> perdre le fruit de l'expérience des siècles
> passés; c'est se condamner à une éter-
> nelle enfance. »
>
> DE FORTIA D'AUBAN, (*Antiquités du
> département de Vaucluse, p. 5.*)

AIX

IMPRIMERIE J. NICOT, RUE DU LOUVRE, 16.

1889

AU COÜNFRAIRE R. DE BÈUREGARD

Te crido, en soün rounfle arderous, lou flume ;
Te sono, la voues d'or de la ciéuta.
E landes subran vers Crau e Delta,
Vers Arle di fièr record, dòu clar lume.

Reviéudes Venus, e prègues Trefume.
Toun vistoun d'artisto aluco espanta
Areno, Aliscamp, pièi, siavo bèuta,
Li chato, risènto en soun fin coustume.

Pinto tout acò, que sies pas coustié.
Baio-nous toun libre, e lèu! Mesclo-ié
L'ideau rouman e la sau galeso.

E, sènso quita, pecaire, l'oustau,
Belarai la grand Roumo pounenteso
Sout lou caud pincèu d'un ourientau.

A. DE GAGNAUD.

Mars 89

AU CONFRÈRE R. DE BEAUREGARD

Le fleuve t'appelle, avec son impétueux grondement ; — la ville, de son sussure d'or, te convie. — Et soudain tu cours vers Crau et Delta, — vers Arles aux fiers souvenirs, au ciel lumineux.

Tu ressuscites Vénus, et tu pries Trophime. — Ton œil d'artiste contemple émerveillé — les Arènes, les Aliscamps, puis, beauté suave, - les rieuses jeunesses en leurs fins atours.

Peins-nous tout cela, de ta main sûre. — Donne-nous ton livre, et vite ! Mêles-y — l'idéal roman et le sel de notre Gaule.

Et sans quitter, hélas ! la maison, — j'admirerai la grande Rome de l'Occident, — sous le chaud pinceau d'un Oriental.

A. G.

Aix.

A M. RÉVEILLÉ DE BEAUREGARD

Quelle est cette Muse féconde
Qui pour toi n'éteint point ses feux ?
Sur quel Pégase audacieux
Vas-tu courant de monde en monde ?

Naguère, en vers harmonieux,
Tu chantais la merveilleuse onde
Qui, grâce à Montricher, inonde
Mille champs brûlés par les cieux.

Aujourd'hui d'Arles, qui fut Rome,
Tu ressuscites l'hippodrome ;
Tu fais revivre Montmajour.

Forum, Alyscamps, Saint-Trophime,
Sous ta plume tout se ranime,
Aux Baux, comme à Roquefavour.

P. CHEILAN.
Lauréat des Félibres de Paris, de l'Académie de Vaucluse, etc.

Aix, mars 1889.

INTRODUCTION

Les sites pittoresques ne manquent pas dans les départements qui composent la Provence.

La vallée de Roquefavour, dont nous avons fait la description dans une récente publication (1), n'est pas le seul lieu digne d'attirer l'attention du touriste.; il est d'autres vallées aux frais ombrages qui peuvent faire son admiration.

Les cascades, les torrents, les grottes, les gouffres, les précipices, sont assez nombreux sur le sol provençal ; ce sont là des beautés naturelles répandues dans notre département et dans ceux limitrophes.

> Dans les charmants vallons, sources délicieuses,
> Je vous retrouve auprès des retraites heureuses ;
> Les champs sont recouverts de verdure et de fleurs,
> Etalant à nos yeux les plus belles couleurs.

Que de ruisseaux limpides ne rencontre-t-on pas, portant la fraîcheur et la fertilité de leurs ondes dans les prairies et les vergers ombreux qu'ils traversent ! On suspend volontiers sa course sur les rives fleuries de ces cours d'eau, bordés

---

(1) *Promenade dans la vallée de Roquefavour*, brochure in-8o. — Imprimerie J. Nicot, rue du Louvre, 16, à Aix (B.-du-Rh.), 1887.

de grands arbres, pour admirer les horizons ra-
vissants, la perspective des hautes montagnes, les
unes arides, les autres couvertes de pins dont on
se plaît à entendre le murmure mystérieux. Les
ombrages de ces bois abandonnés depuis longtemps des Faunes et des Dryades, le bruit sans
fin des cascades, tout, dans ces lieux de nature
primitive, fait éprouver à l'âme de bien tendres
émotions.

Ces sites délicieux, ces retraites fortunées, on
peut sans cesse les admirer, dans notre département, à la vallée de Saint-Pons, par exemple, et
dans celui de Vaucluse, où se trouve la plus curieuse de ces merveilles aux yeux du voyageur,
la fontaine de Pétrarque, la reine des fontaines,
cachée dans ces lieux enchanteurs que le grand
poète a immortalisés par son séjour, et ses chants
pour Laure.

> Je crois voir le touriste en sa marche rapide
> Vers Vaucluse où la source est constamment limpide.
> La majesté du lieu se joint aux souvenirs ;
> De Pétrarque pour Laure on plaint les vains soupirs.

On trouve partout des sites pittoresques, des
montagnes, des rivières, des vallées, des forêts,
des lacs, qui, à part quelques insignifiantes modifications, offrent aux touristes les mêmes horizons, les mêmes tableaux, des perspectives qui
se ressemblent ; mais ce que l'on rencontre plus
rarement, ce sont des ruines de monuments de

l'antiquité que puissent visiter les voyageurs, et plus particulièrement l'artiste, l'archéologue, l'érudit.

Arles, Saint-Remy, Tarascon, Nîmes, le pont du Gard, sont des endroits où affluent les visiteurs, avides d'examiner les débris qui excitent encore l'admiration.

> Dans la Gaule admirons les Romains d'autrefois,
> Qui, vainqueurs par l'épée, y promulguaient leurs lois.
> La Provence, par eux, fut toujours bien aimée.
> Ils ont laissé chez nous leur grande renommée,
> Et l'on retrouve encore en nos départements,
> Les restes précieux de leurs beaux monuments :
> Vestiges anciens d'une époque de gloire,
> D'un empire détruit dont nous parle l'histoire ;
> Debout, ou renversés, ils brillent au soleil,
> Plongés depuis longtemps dans l'éternel sommeil.
> De nombreux voyageurs ils attirent la foule ;
> Dans l'admiration, le temps pour eux s'écoule,
> Car ces débris fameux offrent le souvenir
> D'autres temps dont les faits instruisent l'avenir.

Arles, l'ancienne capitale des Gaules (*Roma Gallula Arelas*), est la localité qui a attiré de préférence notre visite. Dans la ville même et hors de ses murs, sont, en effet, les restes remarquables de monuments offrant le plus grand intérêt sous le double point de vue de l'histoire et de l'archéologie.

Résidence de l'empereur Constantin et du préfet du Prétoire dans les Gaules, Arles se présente aux recherches historiques sous le double aspect de la civilisation politique et religieuse.

On a beaucoup écrit sur la ville d'Arles. Aussi, loin d'avoir la prétention de faire ici une histoire de l'antique cité romaine, nous nous sommes borné à jeter un coup d'œil rapide sur les évènements dont elle a été le théâtre. Car ce n'est que l'histoire à la main qu'on peut examiner utilement les monuments qui ont survécu, et rechercher les vestiges de ceux qu'ont détruits le temps et la main des hommes. C'est ainsi que nous nous sommes crus à même d'entreprendre, dans le courant de 1887, nos visites aux restes précieux des monuments anciens et modernes qu'il nous a été possible de voir, en faisant suivre le récit de ces visites, de quelques réflexions et des impressions éprouvées par nous dans le cours de ces intéressantes et instructives promenades dans la ville d'Arles et dans ses environs.

Encouragé par le succès de ma précédente publication, sur la *Vallée de Roquefavour,* (1) je n'ai pu résister au désir de mêler à ma prose quelques vers, dans la seule pensée de présenter aux lecteurs un ouvrage plus agréable. Je n'ignore pas, il est vrai, que

> Pour faire de bons vers, chose bien difficile,
> Il faut un autre esprit que le mien, plus fertile.
> Toujours la poésie est un don naturel ;
> Il fit, de Lamartine, un chantre universel.

---

(1) Voir à la fin du volume les comptes rendus de divers journaux.

La renommée est aux grands maîtres de la lyre.
Je devrais, devant eux, m'effacer sans rien dire,
Mais, lecteur indulgent, ne cherche dans mes vers
Qu'un souvenir ému de mes pensers divers,
Souvenir exprimé sans l'emphase des rimes
Qu'on décore du nom de riches, de sublimes.
Le naturel, pour moi, c'est tout ce que je veux
Et, la Muse m'aidant, je fais ce que je peux.
Heureux si le lecteur, et j'en serai bien aise,
Trouve dans mon récit une œuvre qui lui plaise.

C'est parmi les manuscrits de la bibliothèque d'Arles que j'ai trouvé, en fouillant les *Anciens Monuments,* de L. Bonnement, une pièce inédite portant la date de 1771, qu'il y aurait, je crois, grand intérêt à livrer à la publicité. C'est la nomenclature de tous les signes abrégés employés en épigraphie et surtout dans les inscriptions romaines. Ces abréviations sont placées sous forme de dictionnaire à la fin de ces *Promenades* dans la ville d'Arles, qui possède, du reste, un musée lapidaire (1).

Il est facile, à première vue, de comprendre toute l'utilité d'un pareil document, tiré à un certain nombre d'exemplaires qui pourraient être remis en dépôt dans les musées lapidaires et partout où l'on s'occupe d'épigraphie

---

(1) Pour le Musée lapidaire, v. l'art. le concernant.

PROMENADES

DANS LA VILLE D'ARLES

ET DANS SES ENVIRONS

Départ de Marseille. — Le Pas-de-Lanciers. — Martigues. — L'Étang de Berre. — Port-de-Bouc. — Rognac. — Le Pont Flavien a Saint-Chamas. — Arrivée a Arles.

Dois-je toujours rester cloué dans mon fauteuil ?
Et de mes petit-fils doit-il faire l'orgueil ?
Celui de mon aïeul a bien eu cette chance,
Bon vieillard qui jadis amusait mon enfance.

Désertons mon fauteuil, courons à travers champs,
Le beau ciel de Provence inspirera mes chants.
Parcourons les pays, traversons la Durance,
Voyons les monuments dont fière est la Provence.

Je prends place en l'express et, sur l'heure, je pars,
Délaissant la cité qui n'a plus de remparts.
La vérité parfois est difficile à croire :
Marseille a conservé, son grand renom, sa gloire ;
Dans ses murs ont eu lieu de grands évènements :
Et Marseille n'a rien de ses vieux monuments !
César a tout détruit. La cité phocéenne
Dut subir du vainqueur l'arrogance et la haine.

Très irrité contre elle, encline à le froisser,
Du sol des Saliens il voulait l'effacer,
Ne pouvant pardonner sa noble résistance
Aux armes des Romains maîtres de la Durance.

Marseille a prospéré, les Romains disparus
Comme peuple guerrier n'ont jamais reparu.
Marseille est le séjour dont le bruit importune ;
C'est le lieu fait pour ceux qui cherchent la fortune.
Là sont le mouvement, de vastes entrepôts,
Où se croisent toujours, portefaix, matelots.

Mais bientôt, sur les rails, nous dépassons la Nerthe,
La campagne est partout riche, splendide et verte.
Venant de tout quitter, les miens et mes amis,
Aux profonds sentiments mon cœur était soumis :
Le charme n'est point grand à voyager si vite,
Mais c'est là le progrès, l'homme s'en félicite.

*
* *

Tout autour de nous et aussi loin que la vue peut distinguer à l'horizon, nous apercevons des *mas*, des villas pittoresquement disséminés ; à gauche, nous dominons la mer, et nous arrivons à la station du Pas-de-Lanciers, la première après le souterrain de la Nerthe.

Bien des personnes se demandent, pourquoi ce nom : *Pas-de-Lanciers*. Le poète Méry, qui est parfois une ressource locale, nous dit (1), d'après l'affirmation d'un savant du pays, dont il ne cite pas le nom, qu'à l'époque du siège de Marseille, en

————————————

(1) *Marseille et les Marseillais, Excursions,* chap. VII, p. 10. — Paris, 1860.

1524, le connétable de Bourbon, évitant les chemins frayés, passa devant Marignane où il attendait un renfort de lanciers espagnols, et, ne voyant personne, il s'écria : « Pas de Lanciers ! » Le point d'exclamation a été supprimé depuis. Si cette explication n'est pas la vraie, on peut dire, comme le poète, qu'elle a au moins une origine admissible.

Ajoutons ici que, avant la construction du chemin de fer, le Pas-de-Lanciers était un site désert. Transformé à cette époque, il est, depuis la création de l'embranchement de la voie ferrée sur Martigues, devenu un lieu très fréquenté, présentant une grande animation, surtout à l'époque de la chasse et des grandes battues aux macreuses, par le nombre et la variété des voyageurs qui se rendent dans les localités avoisinant l'étang de Berre (1).

Quelques kilomètres séparent cette station de la ville des Martigues, surnommée la *Venise provençale*. Elle est, en effet, amphibie, comme la reine de l'Adriatique, et baignée par les eaux salées de l'étang de Berre, petite mer intérieure ayant vingt lieues environ de circonférence. Un canal joint cet étang à la Méditerranée, sur le point où se trouve Port-de-Bouc, petite ville naissante qui pourrait bien, dans l'avenir, prendre une grande importance maritime (2).

En s'avançant vers Marignane, on remarque une chaussée de terre, à fleur d'eau, qui conduit d'un

(1) Voir la note complémentaire, no 1, sur Berre, à la fin de l'ouvrage.
(2) V. la note complémentaire, no 2, sur Port-de-Bouc.

bout à l'autre de l'étang. Faut-il croire à la tradition populaire qui attribue cet immense travail aux Romains ? Les archéologues du pays ne pensent pas que ce soit là un caprice de la nature, mais un travail de main d'homme. Marius, qui, après avoir vaincu Jugurtha, fut mis à la tête des armées romaines, en Provence, pour s'opposer à la marche des Barbares venant d'Espagne, pourrait bien avoir fait exécuter, par ses soldats, cet ouvrage, de la même manière qu'il fit creuser sur la rive gauche du Rhône, et vers son embouchure, les fosses mariennes, canal par lequel il tirait plus facilement, de Marseille, ses approvisionnements pour l'armée. On voit encore, de nos jours, les traces de cet ouvrage extraordinaire, à l'endroit même où se trouve le village de Fos.

*
* *

J'étais plongé dans les souvenirs historiques des Romains dans ces parages, lorsque l'arrêt en gare de Rognac, vint brusquement m'arracher à mes réflexions. Au bout de quelques instants, nous roulions de nouveau sur les rails avec une vitesse vertigineuse.

La petite ville de Saint-Chamas, où nous fîmes une courte halte, nous rappelle que les Romains, ayant voulu mettre en communication sur ce point, les deux rives de la Touloubre (petite rivière de 4 à 5 mètres de largeur), construisirent le pont Flavien, actuellement connu sous le nom de *pont de Saint-Chamas,* non loin de cette ville. Le pont Flavien a 4 mètres et 50 centimètres de largeur, sur 6 mètres et 20 centimètres de longueur ; il est bâti en plein cintre entre deux rochers de niveau avec le chemin qui mène à Aix. Il n'a qu'une seule arche construite, suivant l'usage des Romains, avec de grands blocs de pierre. C'est à la fois, après tant de siècles, un ouvrage d'art et d'utilité publique ; il survivra encore longtemps dans les mêmes conditions.

Le signal du départ s'étant de nouveau fait entendre, nous sommes, pour la troisième fois, entraînés par la vapeur.

> Or, elle nous transporte en cette vaste plaine,
> Où, sur les bords du Rhône, est la ville romaine
> Dont les restes fameux disent aux visiteurs,
> L'état de splendeur d'Arle au temps des empereurs.

ARLES

SON HISTOIRE. — SES MONUMENTS

Je foule donc le sol classique de la cité de Constantin-le-Grand. Par sympathie pour l'antique *Forum*, dont le nom retentissait à mon oreille, je me rendis avec mon petit bagage à l'hôtel de ce nom, situé sur la place des Hommes. Pour arriver dans la ville, j'avais dû passer par une porte des anciens murs ; porte toujours ouverte depuis que les Arlésiens n'ont plus à redouter les invasions des Maures-Sarrasins, chassés pour toujours de nos contrées, bien que l'on y retrouve encore des noms qui rappellent leur séjour parmi nous.

Arles fut la métropole des Gaules ; elle prouve, par les restes de ses anciens monuments parvenus jusqu'à nous, son ancienne splendeur. C'est à César qu'elle doit le surnom de *Julia paterna*, donné à la colonie romaine. Devenue une ville romaine par la conquête et par les mœurs qu'y implanta la colonisation latine, Arles était d'origine grecque comme le prouvent du reste les nombreuses inscriptions grecques trouvées dans la ville même, brisées, il est vrai, ou incomplètes, mais dont celles qui ont été interprétées constatent l'établissement des colonies grecques en Provence (1).

Au type resté pur de la population féminine, qui conserve encore de nos jours l'expression de

(1) V. M. BÉRENGER, *VIIe Lettre provençale.*

la beauté grecque, on voit bien que les filles d'Arles ont eu pour aïeules les plus belles femmes de Sparte et de l'Attique. Elles portaient encore, au siècle dernier, autour des bras, des anneaux d'or ressemblant aux bracelets des anciennes Romaines ; et leur robe, nommée *drôlet,* partagée en quatre pointes et ne descendant que jusqu'aux mollets, rappelait agréablement les robes flottantes des Lacédémoniennes.

On admire encore aujourd'hui, chez les charmantes filles de l'ancienne *Roma gallula Arelas,* leur corsage élégant et leur coquette coiffure.

Au reste, les auteurs qui ont écrit sur Arles et ses habitants, s'accordent tous à vanter la beauté des *Arlèses.* Or il faut bien croire qu'ils ont dit la vérité, puisqu'il en est encore ainsi à notre époque, et ce n'est pas à tort que Vénus était autrefois la patronne des femmes d'Arles :

Elles ont sa beauté, son port majestueux.
Une grande douceur se montre en leurs grands yeux
Noirs, pleins d'expression ; charmant est leur sourire ;
Elles ont un cœur d'or qui sait plaire, et charmer
Le bienheureux mortel qui peut se faire aimer ;
Toutes ces qualités sur nous ont leur empire.

*
* *

D'après l'abrégé chronologique de l'*Histoire d'Arles,* par Lalozière, et d'après le savant Anibert, qui a fait aussi des recherches très étendues sur l'ancienneté de cette ville, elle aurait existé 900 ans avant la fondation de Marseille, 700 ans

avant celle de Rome, et 1,500 ans avant l'ère chrétienne. Il est d'autres opinions dont nous ne parlerons pas; elles prouvent toutes que l'origine
d'Arles échappe aux recherches historiques.

> Comme ville, après Rome, elle eut le second rang,
> Sous l'empereur Auguste et Constantin-le-Grand.
> Marseille commerçante en fut bientôt jalouse:
> Les faveurs du pouvoir toujours on les jalouse.
> Marseille était puissante, attachée aux Romains,
> Ses vaisseaux sur les mers hantaient tous les chemins.

A l'époque dont nous parlons, la République
marseillaise avait atteint le plus haut point de sa
splendeur; elle possédait toute la côte maritime
jusqu'au Rhône. D'après Strabon (liv. 4), C. Marius lui avait donné les *fosses mariennes*, ce qui
la rendit maîtresse du commerce qui se faisait par
le Rhône et sur la partie de la Méditerranée, dite
alors *Mer de Marseille*, depuis les côtes du Languedoc jusqu'à Nice, qui était une colonie marseillaise. Antibes, Agde, avaient aussi été fondées
par les Marseillais.

Arles, *Roma gallula Arelas,* la petite Rome des
Gaules, comme on l'appelait du temps des empereurs, qui se plaisaient à y séjourner, ainsi que
plusieurs personnages de l'empire, Arles, disons-
nous, avait acquis, par suite de la faveur impériale,
une importance administrative considérable, ce
qui lui avait permis d'aspirer un instant à remplacer Lyon comme capitale de la Gaule occupée
par les Romains. Enhardie par sa prospérité politique et civile toujours croissante, elle s'efforça

de rivaliser avec Marseille, sa florissante voisine, cherchant à lui enlever le commerce qu'elle faisait sur le Rhône et dans les pays étrangers :

Arles, dont florissait le commerce à merveille,
Devint de plus en plus rivale de Marseille.
Elle était l'entrepôt des pays d'Orient,
Et de peuples divers fut le séjour riant.
Les parfums d'Arabie et les produits d'Afrique
Là se trouvaient avec ceux du sol ibérique.
Arles semblait le lieu choisi par le destin
Pour la grandeur romaine et les fêtes sans fin.

La mer et le Rhône réunissant leurs eaux à l'endroit même où elle était bâtie, la ville d'Arles semblait destinée par la nature à être le rendez-vous des habitants riverains et des peuples étrangers.

Mais, bien qu'arrivée au plus haut point de sa splendeur, Arles, en dépit de ses efforts suprêmes, ne put rien faire contre la prospérité commerciale de Marseille.

A cette époque, Arles était beaucoup plus rapprochée de la mer qu'elle ne l'est aujourd'hui. Ce que rapportent les historiens de l'antiquité à ce sujet est prouvé, du reste, par des monuments nombreux témoignant qu'Arles était peu éloignée de la mer.

D'après Adrien Marcellin, cette distance était, au IVᵉ siècle, de 18,000 mètres environ. Suivant M. Reynaud, membre de l'Institut, on a dû, à diverses époques, éloigner de la ville la tour de défense construite à l'embouchure du Rhône pour s'opposer au débarquement des pirates (1). La tour Saint-Louis construite en 1737, se trouve actuellement à 7 kilomètres 1|2 de la mer. Ce sont là des preuves incontestables de l'éloignement du Rhône, qui, par la variation constante de son cours, a amené de siècle en siècle, de nombreux changements, parmi lesquels il faut comprendre l'agrandissement de l'île de la Camargue. Des documents authentiques à cet égard se trouvent dans les archives de la ville d'Arles.

* *

Le moment est venu de dire ce que fit Constantin-le-Grand pour la ville d'Arles, où il avait transféré le siège du prétoire et fixé sa résidence, voulant par là assurer à sa ville préférée une incontestable supériorité.

Après avoir relevé ses remparts, autrefois démolis par Chorès, chef des Vandales, il la fortifia. Il fit construire, en 316, un magnifique palais, sa résidence impériale, où naquit son fils Constantin, dit *le Jeune*. De ce palais, connu sous le nom de la *Trouille « Trolia, »* il ne reste plus aujourd'hui que quelques vestiges (2). Il voulut que la ville fût surnommée *Constantina*, de son nom. Il la décora d'un hôtel des monnaies, et ordonna que toutes les lois désormais promulguées fussent datées de cette nouvelle capitale. De nobles encouragements furent accordés

---

(1) *Invasion des Sarrasins en France, en Piémont, etc., pendant les* VIIIe, IXe *et* Xe *siècles,* 1 vol. in-8° 1836.

(2) V. l'article concernant ce monument.

aux lettres et aux arts, et des écoles furent éta-
blies dans Arles.

Le chanoine Laurent Bonnement (dans ses *Mémoires manuscrits* pour servir à l'histoire de
l'Eglise), dit que les habitants d'Arles, en reconnaissance de tous ces bienfaits, firent graver sur
une colonne de marbre une inscription qu'on pré-
tend avoir été autrefois dans la maison des Templiers, près la porte de la Cavalerie. Cette inscription est citée par J.-J. Estrangin, dans ses *Etudes archéologiques, historiques,* etc., sur Arles.

**
* **

Plus tard, en 416, Constantin III fut assiégé
dans Arles par Honorius, qui le retint prisonnier,
et l'envoya à Ravenne, où il le fit mourir.

Un document qui fait connaître l'importance de
la ville d'Arles à cette époque, est l'édit d'Honorius et de Théodore Agricola, préfet des Gaules,
édit en date du 23 mai 418, qui fixa à Arles le
siège des députés des sept provinces du midi de
la Gaule (1). Ce document prouve qu'à ce moment
la langue officielle désignait encore Arles sous le
nom de *Constantina*, à elle donné par Constantin.
Des copies de ce document, du XIIe et du XIIIe
siècles, se trouvent dans les archives d'Arles, de
Marseille et de Narbonne (2).

---

(1) On peut en lire la traduction par M. GUIZOT, dans ses *Cours d'histoire moderne.*

(2) D'après M. J. J. ESTRANGIN, *Etudes arch. et hist. d'Arles,* introduction, p. 5, le texte le plus complet est celui de la préfecture des Bouches-du-Rhône placé en tête des vieux cartulaires de l'Eglise et de l'Archevêché d'Arles trans- portés à Marseille.

En résumé, Arles antique avait des lois, des mœurs, des usages, un langage, un culte et des tribunaux romains. Comme préfecture elle était naturellement le centre principal des études du droit romain. Le langage, la littérature, les arts, tout était latin, et la langue provençale qui se forma plus tard, fut une corruption du latin rustique (1).

La prospérité dont jouissait alors la ville de Constantin ne tarda pas à tomber devant la nouvelle invasion des Barbares dans le cœur même de l'Empire.

> L'empire de César ne conduit plus le monde !
> Il dominait sur terre, il commandait sur l'onde :
> D'autres lois, d'autres mœurs ont changé les destins
> De l'antique Italie et des peuples latins.

Avec Romulus Augustule disparut, en 476, le dernier vestige, en Provence, de la puissance romaine.

* *

L'Empire romain écroulé, la prospérité et la splendeur de la ville d'Arles s'éclipsèrent rapidement.

Elle fut d'abord prise et occupée, en 480, par les Visigoths ayant Emric pour roi.

Vers le milieu du VIIe et dans le VIIIe siècles, les Maures-Sarrasins ravagèrent le littoral de la Pro-

---

(1) Pour la formation de l'idiome provençal et sa dérivation du latin, voir l'ouvrage publié en anglais à Oxford, en 1835, par Georges CORNEWAL-LEVIS, sous le titre : *De l'Origine et de la Formation des Langues romanes.*

vence et pénétrèrent dans l'intérieur, où ils créèrent plusieurs établissements. La ville d'Arles fut occupée militairement, à l'aide d'une trahison, dans le VIIIᵉ siècle. A cette même époque Aix aussi fut ravagée, pillée et détruite ; ceux de ses habitants qui s'étaient cachés dans les ruines furent écorchés vifs ou conduits en esclavage. Pour Arles, ces barbares furent les démons de la dévastation : monuments, édifices anciens, églises, monastères, tout fut détruit par eux. Leurs actes de cruauté se renouvelèrent, tant à Arles, qu'à Aix et à Marseille, jusqu'à leur expulsion, en 739, par Charles-Martel, qui remporta sur eux une victoire éclatante dans la plaine de Corbar, près de Toulouse (1). Par ses exploits, Charles-Martel gagna le cœur des Provençaux, et la reconnaissance publique le salua comme un génie libérateur.

La Provence ayant été délivrée de la présence des Sarrasins, Arles conquit son indépendance et sa liberté vers le milieu du VIIIᵉ siècle.

Boson, duc et gouverneur de Provence sous Charles-le-Bègue, établit, en 876, le royaume d'Arles qui consista en son union avec la Bourgogne transjurane, par le traité passé en 932 entre

---

(1) Pour l'invasion et l'expulsion des Maures Sarrasins, voir *Histoire de Provence*, par Augustin FABRE, liv. I, p. 31 et suiv. *Fastes de la Provence*, par M. M. FOUQUE, p. 210 et suiv. *Histoire de la Gaule méridionale sous les Conquérants germains*. Lire dans ce bel ouvrage, par le professeur FAURIEL, la période concernant la ville d'Arles prise par les Sarrasins, et jusqu'à leur expulsion par Charles-Martel en 739.

Hugues, roi d'Italie et de Provence, et Rodolphe II, roi de la Bourgogne transjurane (1).

Ce royaume (2), qui avait joui, jusqu'en l'année 1082, d'une indépendance absolue, devint un fief de l'empire lorsque, par la mort de Rodolphe, troisième roi d'Arles, il échut par héritage à son neveu Conrad-le-Salique, empereur d'Allemagne.

Avec Charles IV, mort le 4 novembre 1373, disparut ce royaume, « territoire réel de la plus singulière des monarchies (3). » et dont il n'est plus question dès lors dans les archives.

Arles, jouissant alors de l'indépendance absolue, se donna volontairement aux comtes de Provence.

La forme de gouvernement de la ville d'Arles, siège des comtes, était celle d'une république administrée par des consuls. Vers le milieu du XVIe siècle seulement, il y eut des statuts pour les élections consulaires ; auparavant il n'y avait rien de fixe (4). Quant aux motifs qui donnèrent naissance à la République arlésienne, on les trouve dans la lutte persistante des intérêts entre les comtes de Provence et les archevêques d'Arles, qui, maîtres de plusieurs seigneuries considérables, dont celle de Salon faisait partie, voulaient augmenter leur puissance temporelle au détriment des comtes (5).

---

(1) Augustin FABRE, *Histoire de la Provence*, liv. 1, p. 382.

(2) Pour avoir une idée de la vaste étendue de l'ancien royaume d'Arles, on doit se rappeler ce qu'était la Septimanie, ainsi appelée parce qu'elle se composait de sept provinces.

(3) *Histoire de Provence*, par Augustin FABRE, liv. 1, p. 399.

(4) Pour ces élections, v. archives de l'archevêché.

(5) Augustin FABRE, *Histoire de Provence*, liv. 2, p. 62.

*
* *

Mais un grand évènement se préparait, à la suite duquel la ville d'Arles et toute la Provence devaient accepter l'importance du fait accompli.

René, de la Maison d'Anjou, le *bon roi René,* qui avait succédé à son frère Louis III, comte de Provence, mourut à Aix, le 10 juillet 1480, à l'âge de 73 ans, laissant d'immenses regrets parmi les Provençaux dont il avait été le père et le bienfaiteur.

Le roi René habitait souvent le château de Tarascon; il résidait également à Arles et à Marseille, où il se réjouissait de trouver le bon soleil de Provence; mais il fixa de préférence son séjour à Aix, dont le climat lui était plus agréable, où il trouvait le repos, surtout depuis la perte de son fils, le duc de Calabre, mort à Barcelone.

C'est donc à Aix, ville comtale, qu'il avait établi sa maison, laquelle, d'après le naïf Nostradamus, était « *le temple de Dieu, l'œil de la Providence, la balance de la justice, le siège de magnanimité, etc.* » Aussi était-il aimé et adoré de tous les Provençaux, auxquels il avait accordé, entre autres privilèges, la franchise, pour leurs terres, de toutes charges féodales: il ne percevait les impôts que sur les produits des récoltes.

Ce bon roi, peintre et musicien, cultivait avec une égale distinction les sciences et la littérature.

> C'était un souverain doué par la nature,
> Des plus beaux sentiments de grandeur, de piété ;

Il aimait la justice ; il prouva sa bonté ;
Son règne vit fleurir, les arts, l'agriculture.

On vante son penchant pour la littérature,
Mais résumons sur lui toute la vérité :
Il fut plein de vertus et d'affabilité,
Aux lettres il joignit l'amour de la peinture.

Il est mort chargé d'ans et tous l'ont regretté ;
Son souvenir, le temps ne l'a pas emporté ;
Sa perte fut un deuil pour toute la Provence.

Après lui, la patrie a subi son destin :
Adonnée au progrès, elle eut tout son entrain,
Pour la prospérité, pour l'honneur de la France.

Le 19 mai 1823, on a érigé à Aix, au haut du Cours (1), une statue du roi René, sculptée par David sur le dessin de M. Revoil. René est représenté, la couronne sur la tête, le sceptre dans une main, et dans l'autre le raisin muscat qu'il avait introduit en Provence. A ses pieds, sont des livres et une palette, emblèmes des arts et des sciences qu'il cultivait avec succès. Deux inscriptions sont gravées sur le piédestal du monument.

D'après les volontés testamentaires du roi René, son corps fut transporté à Angers et placé à côté de celui d'Isabelle de Lorraine, sa première femme. Il avait épousé, en secondes noces, Jeanne de Laval, fille de Guy comte de Laval, dans le Maine.

---

(1) Cours, appelé aujourd'hui *cours Mirabeau*, mais qui, auparavant, ne portait que le nom de *Cours*.

Il avait eu, de sa première femme, neuf enfants, cinq fils et quatre filles, dont deux filles seulement lui survécurent: Yolande, mariée avec Ferri de Lorraine ; Marguerite, qui épousa Henri VI, roi d'Angleterre.

Après avoir ainsi donné un souvenir au bon prince dont le nom reste inséparable de l'histoire de la Provence, il nous reste à parler du grand évènement, qui devait tôt ou tard s'accomplir pour la grandeur et l'unification de la France. Il eut son exécution en 1486, sous Louis XI, roi de France, et après la mort de Charles III, d'Anjou, neveu et héritier de René, en vertu du testament de celui-ci, fait à Marseille, le 22 juillet 1476.

Charles III, par ce testament remarquable, où il s'occupe affectueusement du sort de ses sujets, désigna pour héritiers de ses Etats, le roi de France Louis XI, son cousin germain, et ses successeurs.

Il mourut le 11 décembre 1481, dans sa résidence royale de Marseille, que le peuple appelle encore *Maison des Diamants* (1). Il avait laissé le soin de ses funérailles à son cousin François

---

(1) Cette maison, qui existe encore, se trouve dans la rue de la Prison, n° 15, et se fait remarquer par sa façade gothique en pierres dures de Cassis, taillées à facettes, ainsi qu'on le fait pour les diamants. Mais bien qu'on la désigne sous le nom de *Maison des Diamants*, le peuple de Marseille la connaît aussi sous celui de *Maison du Roi René*. Elle appartenait en partie, il y a une quarantaine d'années, à M. Elzéar Garnier, un des arrière-neveux d'Elzéar Garnier, prieur de Saint-Maximin et un des témoins présents à la rédaction, dans cette maison, du testament de Charles III, assisté à cet effet, le 10 décembre 1481, du notaire Geoffroy Talamer. Elle est aujourd'hui la propriété de la Société Immobilière marseillaise.

de Luxembourg, qui devait disposer pour cela
de 2,000 écus d'or et auquel il légua, par ses der-
nières volontés, le vicomté des Martigues avec
les terres voisines de Châteauneuf et des Pennes.

Charles III n'avait pas été moins aimé que son
oncle René. Aussi, à son oraison funèbre pro-
noncée par Jacques de Lacépède, en présence
des notabilités et de toute la ville, l'assistance
était en larmes (1). Le corps de Charles III, transporté à Aix avec la plus grande pompe, fut déposé dans l'église de Saint-Sauveur et placé dans
un magnifique tombeau en marbre situé dans le
chœur de l'église et portant une inscription latine
en lettres d'or. Ce tombeau n'existe plus aujour-
d'hui ; il aurait été détruit lorsque Saint-Sauveur
fut dévasté et converti en temple de la Raison
sous la Révolution (2).

Le testament de Charles III fut accueilli avec
joie par les Provençaux, heureux de voir ainsi la
France « étendre constamment ses rameaux pro-
·tecteurs et glorieux (3) » sur tout ce qui devait un
jour compléter la grandeur et la puissance de ce
royaume.

A partir de l'annexion de la Provence à la
France, Arles fit partie de la monarchie française,
et le consulat fut érigé dans cette ville par lettres
patentes du 14 décembre 1481. Elle continua à

---

(1) Les députés de la ville d'Arles présents aux funérailles, furent: René de
Castillon, seigneur de Bergues, Bernon et Fouquet de la Tour, seigneur de
Romoles.
(2) FOUQUE, *Hist. de Provence*, tom. II, p. 270.
(3) FOUQUE, *Histoire de Provence*, t. II, p. 273.

s'administrer ainsi par des consuls librement élus par les deux ordres : les nobles et les bourgeois.

Et aujourd'hui, cette majestueuse cité, qui, au milieu du XIIᵉ siècle, était la capitale de « la plus belle portion d'un superbe royaume » ; Arles, qui eut cent historiographes, dont les grandeurs furent chantées par de nombreux poètes, au nombre desquels il faut citer le célèbre Ligurinus (1), Arles, dis-je, a subi le sort des villes célèbres de l'antiquité, telles que Rome et Athènes. Elle, autrefois la cité des empereurs, n'est plus qu'un modeste chef-lieu d'arrondissement des Bouches-du-Rhône.

Tout passe, tout s'éteint et tout meurt dans le monde,
Il n'est rien de durable et de fixe toujours.
Florissantes cités ont leurs débris dans l'onde,
Empires, royautés, ont perdu leurs beaux jours.

(1) Il était contemporain de l'empereur Frédéric Barberousse. Ses vers célébrèrent ce monarque et son épouse Béatrix, fille de Renaud, comte de Bourgogne. On a de ce même poète une description du royaume d'Arles en vers latins, citée par M. Fouque, dans ses *Fastes de Provence*, (tom. I, p. 261).

AMPHITHÉÂTRE

C'est le vrai monument de l'époque romaine
Son aspect imposant près de lui nous entraîne :
L'Amphithéâtre est là, fier dans sa vétusté ;
Rien ne peut altérer sa force et sa beauté.
Il nous transporte au temps où la joie et les fêtes
Rappelaient des Romains les plus belles conquêtes.
— Sarrasins, et vous, Goths, barbares nations,
Il a su résister à vos invasions...
Et le voilà meurtri ! — Blessures douloureuses
Mais, pour le vieux géant, encor plus glorieuses
Et qui, de ces débris ennoblissant l'aspect,
Aux siècles à venir inspirent le respect.

César, pendant son séjour dans la Gaule, montra une grande prédilection pour la ville d'Arles. Après avoir terminé glorieusement le siège de Marseille, il envoya la sixième légion, dite *Julia,* sous la conduite du questeur Tibérius Néro, pour peupler la ville d'Arles de soldats romains. Ce questeur (père de Tibère), avait ordre de faire construire par sa légion, le plus grand nombre d'édifices possible. Il pourrait donc être permis de croire que la construction de l'amphithéâtre remonte à cette époque (48 ans avant l'ère chrétienne), ainsi que celle des monuments dont les ruines constatent le séjour des Romains dans ce nouveau pays conquis.

L'Amphithéâtre, les Thermes, le Théâtre, le Forum ont pu être élevés simultanément à la même époque. On sait que chaque colonisation commençait par la construction d'édifices dont la présence semblait consoler les colons romains de leur éloignement de l'Italie. C'était pour eux, au milieu des peuples conquis, des images réelles de la mère-patrie absente.

D'après cette opinion, on peut écarter celle de plusieurs écrivains, suivant lesquels l'amphithéâtre aurait été construit sous l'empereur Probus. Suivant M. Jacquemin, qui a fait des études spéciales sur les monuments d'Arles, sa ville natale, l'amphithéâtre daterait du temps de Caligula ou d'Arien. Ce sont là des conjectures que ne confirme aucun document historique. La date de sa fondation n'est écrite sur aucune partie du monument, mais ce qui paraîtrait témoigner en faveur de sa haute antiquité, c'est la louve allaitant Romulus et Remus, sujet peu remarqué avant M. J.-J. Estrangin, et signalé par lui, grossièrement taillé en relief sur une des parois latérales de l'entrée du midi, côté de l'arène. La louve de l'amphithéâtre d'Arles et de celui de Nîmes « c'est le génie de Rome enlevant à la Gaule son indépendance et sa nationalité (1). »

L'amphithéâtre est le monument qu'on aperçoit au plus loin en venant à Arles par le Rhône :

---

(1) J.-J. ESTRANGIN, *Etudes archéol., histor., etc., sur Arles*, p. 20.

On l'aperçoit au loin à travers les feuillages.
Du temps qui détruit tout il porte les ravages ;
A ses griffes sans cesse il livre des combats,
Mais le temps cherche en vain à le jeter à bas :
Aux siècles destructeurs il se montre invincible ;
C'est la construction romaine indestructible.
C'est le vrai monument de haute antiquité,
Puissant d'architecture et plein de majesté !
Quel fut son fondateur, illustre en son époque ?
Ce souven'r perdu, voilà ce qu'on invoque.
Mais qu'importe le nom du hardi constructeur ?
Son chef-d'œuvre en a-t-il une moindre valeur ?
Ce dut être un romain de génie, un grand homme
Comme l'on en trouvait dans la puissante Rome (1).
Ainsi Rome a bâti le svelte pont du Gard
Dont l'aspect granitique arrête le regard :
Grande œuvre du passé, imposante et correcte
Dont l'histoire non plus ne nomme l'architecte.
La gloire est à celui qui sait la conquérir :
Son œuvre ni son nom ne devraient point mourir.

*
* *

Ce monument excite l'admiration de tous les visiteurs, étonnés de le voir aussi bien conservé.

Il est bâti sur des voûtes élevées et solides, et l'on a employé à sa construction des blocs énormes appareillés avec art. Il a plus d'étendue que

---

(1) En ce temps-là, sans que l'on eût besoin d'aller chercher des maîtres d'architecture en Grèce, il s'en trouvait à Rome qui étaient capables des exécutions les plus hardies. Les Grecs eux-mêmes se servaient d'architectes romains, et pour ne citer qu'un exemple, lorsque le roi Antiochus voulut achever le temple de Jupiter Olympien, dans la ville d'Athènes, il en confia l'exécution à Cossutius, citoyen romain.

l'amphithéâtre de Nîmes, mais ce dernier l'emporte par l'ornementation (1).

Vu au dehors, l'amphithéâtre d'Arles, qui a résisté à toutes les destructions, frappe par la grandeur et la hardiesse des arcades circulaires formant sa façade, autrefois cachée par des constructions modernes dont elle a été débarrassée.

Il se divise en deux étages : le premier, d'ordre dorique ; le second, d'ordre corinthien. La corniche qui les sépare repose sur des colonnes engagées entre des arcades de largeur inégale, au nombre de soixante à chaque étage. La forme rappelle le fameux Colisée de Rome, mais avec de moindres proportions (2).

La hauteur de l'amphithéâtre, prise en dehors, depuis le sol de la première galerie jusque sur le cerceau des plus hautes arcades, est de 170 mètres.

Les arcades sont au nombre de cent vingt.

Hauteur des premières arcades prise du sol du monument, terme moyen : 6 mètres 45 centimètres.

Largeur des arcades du rez-de-chaussée : 3 mètres 70 centimètres.

Hauteur des arcades supérieures : 7 mètres 65 centimètres. Largeur, terme moyen : 3 mètres 57 centimètres.

---

(1) M. PEULET a calculé qu'il pouvait contenir 24,209 spectateurs, dont 20,956 assis sur les gradins, et le surplus debout sur le dernier gradin, le dos appuyé contre l'attique.

(2) Il pouvait s'y réunir 109,000 spectateurs.

L'amphithéâtre d'Arles mesure 140 mètres dans son grand axe du nord au sud, et 103 mètres dans son petit axe de l'est à l'ouest. Le diamètre intérieur de l'arène, sur le grand axe, est de 69 mètres 40 centimètres.

Les gradins, au nombre de 43, présentent un développement de plus de 12,000 mètres, et pouvaient recevoir 25,000 spectateurs.

L'étendue totale de l'amphithéâtre est de 11,776 mètres carrés, y compris les constructions (1).

S'il est vrai de dire qu'à l'extérieur le monument, malgré les dévastations et les guerres, a pu conserver ses formes architectoniques, par contre, dans l'intérieur, il a été tellement dégradé, mutilé par sa transformation en forteresse pour la défense de la ville contre les Arabes dont le quartier général était à Arles, qu'un savant archéologue, pour exprimer un pareil état de dégradation, a dit : « Dans l'intérieur, il ne reste que le cadavre d'un géant mutilé (2). »

Lorsqu'on a visité les monuments de l'antique Egypte, le Parthénon à Athènes, le Colisée à Rome, et que l'on a devant les yeux l'amphithéâtre d'Arles, le plus important des monuments romains dans la Gaule méridionale, on se demande quelles étaient les méthodes des anciens pour soulever à des hauteurs aussi considérables ces blocs énormes de marbre, de granit ou de pierre employés à la construction de leurs temples et des autres édi-

---

(1) V. A. SAUREL, *Manuel de l'étranger dans la ville d'Arles*, p. 59.
(2) V. J.-J. ESTRANGIN, *Etudes archéol., histor., etc., sur Arles*, p. 15, 16 et 23.

fices, de ces morceaux d'architecture qui, après plus de trente siècles passés sur la cendre des Pharaons, font l'admiration des savants de notre époque.

Partout, aux bords du Nil, à Rome, au Parthénon,
On voit des monuments dont survivra le nom.
Mais comment faisait-on pour fixer sur leur base
Ces masses de granit dont le poids nous écrase ?
Obélisques pompeux, vos beaux jours sont passés ;
Vos écrits sont, hélas ! par le temps effacés.
Vous étiez l'ornement des époques heureuses
Où l'Egypte acclamait ses victoires fameuses.
Bords célèbres du Nil, fertiles oasis,
Vos temples, vos palais, semblent parler d'Isis.
Nous revoyons Memphis, les hautes Pyramides
Que l'on court admirer dans les sables arides ;
Et des temples détruits, aux échos solennels,
Les Sphinx restent encor les gardiens éternels !

Mais je dois arrêter ici mon élan vers les rives du Nil, et me rappeler que je suis sur les bords du Rhône où la vue du grandiose amphithéâtre d'Arles m'a suggéré des réflexions semblables à celles que j'avais faites devant les monuments des anciens peuples de l'Egypte, de la Grèce et de l'Italie. Quant à l'art de bâtir, à ces époques reculées, le lecteur curieux pourra consulter les divers traités sur cette matière, et entre autres, l'ouvrage de Vitruve (1).

---

(1) Ouvrage portant pour titre: *De architectura*, que l'auteur, Marcus Vitruvius Pollio, écrivit dans un âge déjà avancé et qu'il dédia à Octave avant que ce dernier se fît nommer Auguste. Toutefois, je ne puis résister au désir de

L'amphithéâtre d'Arles a subi, dans les années 1846 et 1847, des réparations importantes, sous la surveillance du savant architecte M. Quesnel, durant l'administration de M. Laugier de Chartrouse. La municipalité n'a pas discontinué les travaux de restauration et de conservation de ce beau monument romain, classé parmi les monuments historiques qui intéressent la France entière. Un concierge surveille l'entrée des grilles destinées à protéger le monument contre les dégâts qui ne manqueraient pas de s'ajouter à ceux malheureusement déjà existants.

A l'époque de l'invasion des Sarrasins, l'amphithéâtre, à cause surtout de sa masse et de sa solidité, avait été, comme nous l'avons dit plus haut, transformé en forteresse. Or, livré à la population pour la défense commune, le monument fut dégradé dans presque toutes ses parties intérieures. On y vit, pendant plusieurs siècles, des habitations de tous genres couvrant l'arène, les gradins et les galeries. L'établissement de cette sorte de ville improvisée dans l'amphithéâtre a laissé des traces de destruction dans toutes les parties de l'édifice. On y remarque encore trois tours datant du VIIIe siècle. La plus élevée,

---

faire connaître ici ce qu'était l'architecture en ce temps où, peu d'années après, fut construit l'amphithéâtre d'Arles. « L'architecture, dit l'auteur latin, est une science qui doit être accompagnée d'une grande diversité d'études et de sciences, par le moyen desquelles elle juge de tous les ouvrages des autres arts qui s'y rapportent.... Cette science s'acquiert par la pratique et la théorie. » (V. *Traduction de* Nizard, liv. I, p. 14 et suiv., Paris, 1846.) Ces paroles ont été écrites depuis près de deux mille ans ; ne dirait-on pas que ce sont là les expressions d'un architecte de notre époque ?

située à l'ouest, possède un escalier moderne qui permet d'arriver jusqu'à sa partie la plus élevée, d'où l'on jouit d'une vue immense sur la ville d'Arles et ses environs.

Depuis 1809, les constructions qui couvraient le terrain des Arènes ont été démolies, des travaux de déblaiement importants et bien entendus y ont été exécutés, mais rien de remarquable sous le rapport de l'art n'a été mis à découvert.

***

Les combats de gladiateurs furent fréquents dans l'amphithéâtre. A diverses époques, de 251 à 546, divers autres jeux y ont été célébrés. Ces jeux consistaient en trois genres de spectacles : dans l'un, on exposait les hommes à la fureur des bêtes féroces ; dans l'autre, des bêtes féroces se dévoraient entre elles ; dans le troisième, des hommes armés combattaient contre des bêtes féroces.

L'histoire nous apprend que divers empereurs firent célébrer dans l'amphithéâtre d'Arles des jeux en l'honneur de Diane de Tauride, déesse sanguinaire et dont l'image sculptée en relief se voit encore sur l'une des pierres de l'amphithéâtre.

Entre autres dates mémorables, l'histoire cite les fêtes et les jeux donnés par Gallus et Volusien, en 251 (1); par Constantin-le-Grand, en

---

(1) D'après POMPONIUS LŒTUS.

316; par Constance II, en 350 (1); par Majorien, en 461 (2).

Suivant Procope (3), l'empereur Justinien aurait accordé au roi des Francs le droit d'assister aux jeux célébrés dans l'amphithéâtre d'Arles. Nous devons ajouter les jeux renouvelés des Romains donnés en 539, par le roi Childebert qui, à cette occasion, répara certaines parties du monument, entre autres les dalles du *Podium* (4).

C'est là que les Romains, passionnés pour ces jeux,
En masse accouraient tous, empressés et joyeux,
Encombrant les gradins et le fond des arcades,
Pour goûter des lutteurs les habiles parades,
Voir placer le laurier sur le front du vainqueur
Et railler le vaincu de leur rire moqueur.
Ils y voyaient, livrés à la bête féroce,
Les condamnés punis de ce supplice atroce.
Parfois les animaux s'y dévoraient entre eux.
On se réjouissait de ce spectacle affreux
Offert par le vieux monde à la cruelle foule
Dont le plus vif attrait est pour le sang qui coule.
Diane sanguinaire exerçait en ces lieux
Son droit le plus cruel, son pouvoir odieux.
Sa statue en l'arène eut d'admirables formes,
Eparses aujourd'hui dans les débris informes
Enfouis sous le sol recouvrant désormais
Des chefs-d'œuvre de l'art qu'on ne verra jamais.

---

(1) D'après AMIEN-MARCELLIN, lib. XIV, cap. V.
(2) Suivant SIDOINE-APOLLINAIRE. *Epist.* XI, page 13.
(3) *De bello Gallorum*, lib. I.
(4) *Grandeur et Décadence des Romains*, par MONTESQUIEU, chap. XVII.

Ces divers jeux, très en honneur chez les Payens, et qui comprenaient les fameux combats de gladiateurs, d'abord défendus par Constantin et définitivement abolis sous Honorius (1), furent splendides dans les arènes d'Arles. On y livra aux bêtes féroces les criminels et les condamnés, et comme les premiers chrétiens passaient pour des criminels aux yeux du paganisme, leur sang rougit plusieurs fois les arènes d'Arles et de Nîmes. Le premier martyr de l'Eglise d'Arles fut Genès, suivi de plusieurs autres martyrs. Cet évènement eut lieu sous l'empereur Dioclétien, époque où l'on vit renaître, pour les chrétiens, en Provence, les jours affreux de Néron.

Pourtant le christianisme, qui devait civiliser le monde et régénérer les hommes, commençait à répandre partout les bienfaits de son influence divine, influence sous laquelle devaient disparaître les restes de l'idolâtrie et les sacrifices humains. Arles, métropole de la civilisation romaine dans nos contrées, devait être le centre d'où la civilisation chrétienne allait bientôt s'implanter dans les Gaules.

Le fait suivant, consigné par Honoré Clair, parlant de l'amphithéâtre d'Arles, prouve les mœurs encore barbares du temps, et combien il devenait nécessaire que cette vieille civilisation romaine disparût : « On croit que c'est dans son enceinte que l'empereur Constantin livra aux bêtes

---

(1) MONTESQUIEU, *Grandeur et Décadence des Romains*, chap. VII.

féroces les prisonniers qu'il avait faits aux Francs, désignés sous le nom de *Bructères*. Le carnage fut horrible, il dura plusieurs jours. Les animaux, rassasiés de sang et de victimes, témoignèrent une lassitude capable de faire honte aux sentiments de l'empereur. »

Qui aurait dit que, à peu de temps de là, ce même Constantin, suivant la tradition merveilleuse du *Labarum*, devait se faire chrétien? Il marchait contre le tyran Maxence, qui régnait à Rome, lorsque, selon la plupart des historiens, il aperçut une croix céleste, avec ces mots écrits : *Hoc signo vinces.* Constantin fit placer une croix sur ses étendards, et mit en déroute l'armée de Maxence. Celui-ci, dans sa fuite, tomba du pont Milésius dans le Tibre, où il se noya.

Le vainqueur fit son entrée triomphante à Rome et s'y fit baptiser par le pape saint Sylvestre, le 15 septembre 312. Constantin retourna à Arles, son séjour préféré, où il fit frapper, en souvenir de sa victoire miraculeuse, un grand nombre de médailles en or, en argent et en bronze, représentant, d'un côté, une main sortant d'un nuage et portant *une croix,* et de l'autre, une légende avec ces mots : *Arelas civitas* (1).

Ma visite à l'amphithéâtre d'Arles ne s'est point effectuée sans me faire éprouver de grandes émotions, devant cette belle relique de l'époque ro-

---

(1) V. M. Fouque, *Fastes de la Provence.* D'après lui, la plupart de ces médailles se trouvaient encore, de son temps, à Aix, dans le cabinet de M. le marquis de Lagoy (liv. I, p. 194, Marseille, 1837).

maine, dont cette ville a le droit de s'enorgueil-
lir. Aussi, en m'éloignant de l'antique monument,
je lui adressai un dernier adieu dans les vers suivants extraits de mon carnet de voyage :

LES ARÈNES D'ARLES

On ne peut contester leur antique splendeur
Qui date des Romains, alors maîtres du monde,
Et leurs restes muets tout remplis de grandeur
Nous parlent d'une époque en souvenirs féconde.

Les affranchis, les rois et les gladiateurs
Se joignaient dans l'arène à la foule profonde ;
Tous aimaient les combats pleins de sang et d'horreurs :
Sang humain dont le Rhône a vu rougir son onde !

Les siècles ont passé. Le mot *humanité*
A soufflé dans les cœurs douceur et charité,
Et vainqueurs et vaincus ont déserté l'arène,

Celle des jeux sanglants pour celle des douleurs,
Source, pour nous, hélas ! de peines et de pleurs :
Souffrir, se résigner, voilà la vie humaine.

L'OBÉLISQUE ET LE CIRQUE ROMAIN

Superbe monument, ton aspect seul inspire
La grande émotion dont je subis l'empire ;
Tu nous redis Memphis, les rives d'Orient,
Cléopâtre, Louqsor, sous un ciel pur, riant ;
Et semblable aux granits, temples, sphinx, obélisques,
Célèbres sur le Nil, pays des Odalisques,
Ta présence rappelle et place sous nos yeux
Les fastes éclatants des Pharaons fameux.

Le voyageur se plaît longtemps en la présence
De ce svelte granit du vainqueur de Maxence,
Devant ce souvenir romain, pompeux débris
De nombreux monuments qu'on admirait jadis.
Ce n'est point un présent d'Egypte ou d'Italie ;
Aux plus grands souvenirs de Rome il se relie.
Dans Arles, aujourd'hui, ce rare monument
Offre de la cité le plus bel ornement ;
Des siècles écoulés la gloire l'enveloppe :
Il dit que le Romain fut maître de l'Europe
Couverte de forêts, refuge des païens
Qui, le Christ apparu, firent place aux Chrétiens.

Puis, les Goths, les Germains franchissant leur barrière,
Rome dut succomber, Rome jadis si fière.
L'antique monolithe a vu ce grand malheur :
La chute de l'empire et partout la terreur !
Il est seul désormais, entouré de ruines,
Œuvre des Visigoths, des hordes sarrasines.

Il dut subir le sort des autres monuments
Détruits ou dégradés par les évènements.
On le trouva brisé sous un amas de terre :
On eût dit qu'à nos yeux il voulait se soustraire.

L'obélisque d'Arles se trouve sur la place de l'Hôtel-de-Ville. C'est une aiguille granitique, moins grande et moins riche que celle transportée de Louqsor à Paris ; elle est de granit gris à gros cristaux feldspath. Cet obélisque, remarquable par la hardiesse de sa forme dégagée, a 15 mètres et 28 centimètres de hauteur, 1 mètre et 66 centimètres de largeur à sa base. Seul, en son genre, il ne porte aucun signe hiéroglyphique sur ses faces. Il n'a été apporté ni d'Egypte, ni de Rome ; on croit généralement qu'il a été extrait des carrières granitiques de l'Estérel, dans le Var.

Nombreuses et diverses sont les vicissitudes que les différentes révolutions ont fait subir à ce monument.

Resté perdu jusqu'en 1329, on ne vit alors dans cette découverte rien d'extraordinaire ; aussi resta-t-il gisant, mutilé, dans l'endroit même où il avait été retrouvé.

Sous Charles IX, un édit ordonna de le relever ; mais le monolithe ne sortit pas du lit qu'il s'était creusé dans les immondices, et il y resta oublié encore plusieurs siècles.

En 1675, sous Louis XIV, l'obélisque fut enfin extrait de son gîte, dans un jardin appartenant à Mme Bourgarel, veuve Delotte, non loin du bassin du canal d'Arles à Bouc, près de la porte de la Roquette.

En 1676, les consuls, dans l'intention de faire servir l'obélisque à l'embellissement de la ville, le firent élever sur sa base, à la place où il se trouve aujourd'hui, et ils le dédièrent au roi Louis XIV.

M. Jacquemin raconte cette opération délicate, qui réussit on ne peut mieux, conduite par Claude Pagnon, marin marseillais, avec quelques matelots sous ses ordres. Dans les *Fastes de la Provence* (vol. 2, p. 392), et dans nombre d'historiographes, il est dit que l'ingénieur Peytret fut chargé du soin de transporter l'obélisque.

Le pyramidion fut alors surmonté d'un globe d'azur fleurdelisé supportant un soleil emblématique à rayons d'or qui présentait dans son disque les traits de Louis-le-Grand. Plus tard, sous la première république, on vit ce globe surmonté d'un bonnet phrygien.

Les quatre côtés du piédestal furent ornés d'inscriptions latines, rédigées par l'académicien Pélisson, en l'honneur du grand roi. Ces inscriptions, disparues en 1793, furent rétablies en 1805, non plus en l'honneur de Louis XIV, mais à la propre gloire du vainqueur de Marengo, et l'aigle conquérant de l'empire français remplaça le soleil du roi absolu. Lors de la chute de Napoléon, l'aigle est tombé, et on ne lit plus aucune inscription sur le piédestal (1).

---

(1) On peut les lire dans le *Voyage de Millin*, t. III, p. 486.

En 1805, les ordonnateurs de la solennité du 3
mai avaient fait inscrire, sur une face du piédestal,
les vers suivants, composés par un jeune poète :

L'aigle de Jupiter, symbole de la guerre,
Intimidait jadis ses timides sujets ;
Mais toi, Napoléon, quoique armé du tonnerre,
Ton aigle nous apporte et la gloire et la paix.

Cette inscription, qu'on lisait sur une tablette
en bois, n'a pas tardé à être effacée par la pluie et
le vent.

*
* *

L'endroit où fut extrait l'obélisque, en 1675,
était sur l'emplacement même où se trouvait autrefois le cirque romain, dont l'obélisque décorait
probablement la place que lui avait assignée le
génie de Constantin-le-Grand.

Le cirque était ce que les Grecs appelaient *sta-
de,* ou hippodrome. Le cirque romain d'Arles a
complètement disparu. On suppose qu'il a été détruit vers la fin du ve siècle, et même antérieurement, par l'irruption du Rhône sur l'emplacement
où il avait été construit, hors de la ville, non loin
du fleuve, du côté du midi (1). Quoi qu'il en soit
de cette opinion, très admissible, on ne saurait se faire à l'idée que le cirque d'Arles, dont
les constructions devaient être considérables, ait
pu disparaître ainsi entièrement. Il a dû être dé-

---

(1) A propos du cirque d'Arles, V. une *Dissertation manuscrite* de Jean REY-
BAUD, avocat, mort en 1572, citée par J.-J. Estrangin, p. 106.

truit, lors des invasions, par les Barbares, sur le compte desquels on met, du reste, la destruction de tous les cirques partout où ils abordèrent ; et, si celui d'Arles n'offre plus aucun débris, c'est qu'on les a, sans doute, employés à la reconstruction des murs de la ville.

L'existence du cirque d'Arles est prouvée par les rares vestiges lui appartenant, parvenus jusqu'à nous : l'obélisque d'abord, la statue de MITHRA (1), et le piédestal qui supportait le *Méta* (2).

Mithra était le *soleil considéré comme le dieu vivifiant de la nature et le ministre du Créateur* (3). Le culte de Mithra doit avoir son origine dans la religion de la Perse, où le soleil est adoré (4).

Les cirques étaient dédiés au Soleil, à qui l'obélisque et le cirque d'Arles furent consacrés. Dans le cirque avaient lieu les courses de chars que les Romains introduisirent à Arles avec leurs mœurs et leurs coutumes. Le *mœnianum* était la

---

(1) Découverte en 1598 dans les fondations d'un moulin, à l'embouchure du canal de Craponne, vers la prise d'eau du canal d'Arles creusée en 1831. On n'y a trouvé que la statue mutilée, sans tête ni pieds. Il manque donc à ce marbre, qui est de la plus haute antiquité, indépendamment de la tête, la partie inférieure qui contenait trois constellations zodiacales : le *Capricorne*, le *Verseau* et les *Poissons*.

(2) Bornes du cirque placées au musée lapidaire, et dont les sculptures représentent une *Course de chars*.

(3) V. MILLIN, *Voyage dans le Midi*, où Mithra est représenté dans la planche 36, n° 35 de son *Atlas*.

(4) *Recherches sur le culte de Mithra*, par M. Félix LAJARD, 1825. — V. le remarquable ouvrage du docteur allemand Frédéric CREUSER sur les *Religions de l'antiquité*, et les notes de J.-D. GUIGNIAUT, son savant traducteur, 1825.

loge de l'empereur. Les consuls et les sénateurs se plaçaient dans le *podium*. Les autres personnages de distinction occupaient les tours, au nombre de cinq. Le peuple se tenait dans le demi-cercle et les ailes, assis sur neuf rangs de gradins.

L'obélisque, actuellement érigé sur la place de l'Hôtel-de-Ville, devait orner la *media spina*, au centre du demi-cercle du cirque (1).

*
* *

Il est facile de remarquer la cassure qui a divisé en deux le monolithe. Le stylobate sur lequel il repose, portant la date de 1829, est un ouvrage de Dantan. Il a 4 mètres et 54 centimètres de hauteur. Il a remplacé l'ancien piédestal rongé par le temps et dont les faces étaient, comme nous l'avons dit, ornées d'inscriptions latines de Pélisson, effacées par les tempêtes politiques.

Mentionnons enfin les quatre lions en bronze, ornant les quatre angles du piédestal, et qui font l'admiration des connaisseurs.

> Tel est ce monument dont je décris l'histoire
> Abrégée, en ce livre où je voudrais encor,
> Si j'avais tout l'entrain d'un poétique essor,
> De son antiquité chanter toute la gloire.

---

(1) Pour la description du cirque d'Arles, V. Monge, *Dictionnaire des Antiquités*. — On peut voir aussi le *Dictionnaire historique d'architecture*, par M. Quatremère de Quincy.

4

LE THÉATRE ANTIQUE

Touristes, voyageurs, avides de tout voir,
Accourez sur ce sol, attirés par l'espoir
D'admirer un beau marbre, un superbe portique,
En foulant les débris de ce théâtre antique.

Les théâtres, les temples faisaient l'ornement des grandes villes de l'antiquité. Arles, choisie par Constantin pour être la seconde capitale de son empire, possédait un théâtre magnifique qui, d'après les archéologues, était sur les mêmes plans et les mêmes proportions que celui d'Orange, (1) dont M. Mérimée rapporte la construction au IIe siècle, et aux victoires de Marc-Aurèle, en Germanie.

Suivant l'opinion de plusieurs voyageurs qui ont visité les monuments d'Italie, ce théâtre aurait les mêmes dispositions que les théâtres d'Herculanum et de Pompéï, débarrassés aujourd'hui des cendres et de la lave du Vésuve, où ils sont restés enfouis durant plusieurs siècles (2).

---

(1) Voir la note complémentaire, no 3.

(2) Pour se faire une idée de la forme des théâtres anciens, V. le plan d'un théâtre grec, dans l'*Atlas du voyage du jeune Anacharsis*, par BARTHÉLEMY.

M. de Lalande, qui voyageait en 1765 et en
1766, signale dans sa description du théâtre d'Herculanum, la grande analogie existant entre ce monument et les ruines de celui d'Arles. Dans la
dissertation sur le théâtre grec de Telmissus, par
M. de Choiseul-Gouffier (1), le savant archéologue J.-J. Estrangin rencontre les mêmes dispositions que dans les restes du théâtre d'Arles, dont
la forme était celle de tous les théâtres grecs.
D'ailleurs, les Romains n'ont fait qu'imiter les
Grecs, tout en apportant des modifications insignifiantes dans la construction de leurs théâtres.

Aujourd'hui, que reste-t-il de celui d'Arles ?
Des ruines informes d'où l'on a pu à peine extraire
quelques débris capables d'intéresser, mais malheureusement trop mutilés pour satisfaire notre
curiosité bien légitime.

Le théâtre d'Arles a fini par subir le sort de
tous les temples païens : considéré par les chrétiens, ainsi que tous les édifices du même genre,
comme une école de mauvaises mœurs et comme
un temple des faux dieux du paganisme, il fut
renversé et détruit.

Aujourd'hui, on ne trouve plus du théâtre d'Arles qu'une porte, cinq arcades dont deux au nord
et trois au midi, sur lesquelles s'élève la tour de
Rolland, un des restes les plus curieux de l'é-
difice ; celle du milieu de ces trois arcades a une

---

(1) *Voyage pittoresque de la Grèce*, Paris, 1782, in-folio, tom. 1ᵉʳ.

ouverture de 3 mètres 75 centimètres; son épaisseur, à l'entrée, est de 1 mètre 35 centimètres. Il
faut voir dans ces arcades les restes du grand
portique à deux étages dont le monument était
entouré. Les autres vestiges sont : deux colonnes corinthiennes, l'une en *brèche* africaine,
l'autre en marbre *saccaroïde* de Carrare, encore
debout, mais endommagées par le feu (d'autres
colonnes, dont on ne voit que les piédestaux, devaient séparer la scène du *parascenium*); enfin, le
proscenium, qui a conservé son dallage en marbre, et les premiers gradins circulaires.

La longueur totale du théâtre était de 102 mètres 25 centimètres, et sa largeur de 77 mètres.
Les dimensions de l'orchestre laissent présumer
que l'ouverture de la scène était de 42 mètres, et
que le dernier gradin devait se trouver à environ
156 mètres de distance du *scenium*, et à une
vingtaine de mètres au-dessus du niveau de l'orchestre.

« En avant de l'orchestre, il existe un petit canal destiné à l'écoulement des eaux, et sur les
bords duquel se trouvent les profondes rainures
dans lesquelles étaient enchâssées les poutres supportant le rideau et le plancher de l'avant-scène.

« On estime à seize mille le nombre des spectateurs que pouvait contenir ce beau monument
(1). »

---

(1) V. A. SAUREL, *Guide du voyageur dans la ville d'Arles,* et la belle description des ruines du théâtre antique d'Arles, par J.-J. ESTRANGIN, *Etudes archéo.,*
histor. et statis. sur Arles, p. 41 à 55.

Les fouilles faites dans cet édifice n'ont jamais été sans résultat. On a retiré de ses ruines des vestiges nombreux, parmi lesquels des morceaux de corniches, des marbres de statues brisées et des objets remarquables par leur ornementation. On découvrit, en 1651, sur l'emplacement même de la scène, devant les deux colonnes, le beau marbre connu sous le nom de *statue de Vénus*. Elle était brisée en trois parties. On découvrit d'abord la tête, ensuite le corps ; enfin, le grand morceau de marbre drapé formant les cuisses, les jambes et les pieds. Cette statue fut donnée, en 1683, par Gaspard de Grille, premier consul d'Arles, à Louis XIV. Elle fut d'abord placée dans une galerie de Versailles, et transportée plus tard au musée du Louvre dont elle fait actuellement partie (1).

Pour ne rien omettre sur la Vénus d'Arles, nous ajouterons que, d'après une version assez accréditée, elle aurait été découverte dans les fondations de la maison d'un curé, lequel la vendit pour six pistoles, environ 60 francs. Aujourd'hui la ville d'Arles ne possède plus de sa Vénus qu'un des trois moulages faits par le sculpteur d'Avignon, Jean Peru, qui orne l'escalier de l'hôtel de ville (2).

Les ruines du théâtre d'Arles prouvent que le pavé était en marbre. Ses murs intérieurs étaient

---

(1) Les statues et autres objets d'art découverts dans les fouilles du théâtre antique se trouvent au musée lapidaire d'Arles.

(2) V. le chapitre *Hôtel de Ville*.

revêtus de marbres précieux, principalement afri-
cains, dont les fouilles ont fait découvrir de nombreux débris. Le *proscenium* était décoré de colonnes et de statues, comme cela existait au
théâtre d'Herculanum (1).

Le théâtre d'Arles, commencé sous Auguste,
ou peu de temps après, car l'incertitude règne à
ce sujet, demeura intact jusqu'au ve siècle, époque à laquelle sa destruction fut commencée, disent les historiens, par saint Hilaire (2), sacré
évêque d'Arles en 429, décédé en 449, et qui, en
446, fit dépouiller le théâtre d'Arles de ses plus
beaux marbres pour en décorer les églises. Il fut
aidé, dans son œuvre de destruction, par un prêtre nommé Cyrille (3).

> On voit Herculanum dans ce bel édifice,
> Ses marbres précieux avec art travaillés,
> Ses dalles, ses gradins. Nos yeux émerveillés
> A l'œuvre du passé doivent rendre justice.

---

(1) Pour le théâtre antique découvert dans les fouilles d'Herculanum, V. sa
description, par PISANI.

(2) Renommé dans l'antiquité ecclésiastique par son profond savoir, l'élégance du style, les grâces de l'éloquence et sa bienveillance.

(3) V. un manuscrit sur la *Vie de saint Hilaire*, compris dans les œuvres de
saint Léon, (Lyon, 1700, p. 369).

LES RUINES DU FORUM

ET LES DEUX COLONNES A L'ANGLE DE LA FAÇADE

DE L'HOTEL DU NORD

Il existait à Arles un *Forum* et des *Thermes*.

Le Forum était l'endroit où le peuple se réunissait, dans l'antiquité, et dont les galeries lui procuraient un abri en cas de mauvais temps. Les Thermes étaient les établissements de bains.

Il me tardait de me rendre sur l'emplacement du Forum, dont les ruines ont été découvertes vers la fin de l'année 1835. Comme j'arrivais à l'angle de la façade de l'hôtel du Nord, placé au centre de la ville, mon guide me montra deux colonnes granitiques à chapiteaux corinthiens, supportant l'angle d'un fronton triangulaire.

Les uns croient que ce sont là les restes de l'arc-de-triomphe élevé à Auguste ; suivant d'autres, ces débris appartenaient aux Thermes, où l'on pénètre par les caves de l'hôtel du Nord, encore encombrées aujourd'hui d'ossements humains.

Ce sont là des suppositions, mais d'après le savant archéologue, M. J.-J. Estrangin, qui a parcouru les ruines du Forum et vu, par conséquent, les choses de très près, ces deux colonnes de granit « seraient placées sur des ruines ; leur base s'appuie sur une des arcades du Forum, avec l'architecture et les dispositions duquel elles n'ont aucune relation. » D'où l'on doit conclure que ces deux colonnes, appartenant à un autre monument aujourd'hui détruit, ont été, dans les temps modernes, transportées et fixées avec leur fronton, contre la façade de l'hôtel du Nord, pour lui servir d'ornement ou pour les préserver de la destruction qui avait frappé le monument inconnu dont elles faisaient autrefois partie.

Les débris de ces monuments attirent vraiment l'attention, sans que la curiosité éveillée par eux puisse être satisfaite, vu le manque de toute inscription sur le frontispice de l'édifice. Et toutes les suppositions des antiquaires à ce sujet ne sont que des conjectures qui laissent dans l'incertitude sur la destination des moments détruits dont ils faisaient partie.

*
* *

Si les vestiges trouvés dans les ruines de Rome et de Pompéï ont fait connaître la destination des monuments, il n'en a pas été de même à Arles lors de la découverte, en octobre 1835, des ruines du monument romain ne présentant qu'une longue enfilade de portiques. Sans doute les Barbares, à Arles comme à Rome, avaient fait disparaître les clous de l'inscription sur la frise extérieure. Aussi, dans ce monument enfoui, les uns cherchaient les ruines du Forum, d'autres celles des Thermes (1).

_____

(1) V. dans la *Gazette du Midi* des 18 et 19 octobre 1835, la lettre de M. J.-J. ESTRANGIN, sur la découverte des ruines du Forum d'Arles.

Mais de graves et sérieuses considérations ont fait disparaître les difficultés archéologiques qui s'étaient d'abord présentées, et il a été unanimement reconnu que les ruines découvertes étaient bien celles de l'ancien Forum, confondues avec celles des Thermes et de divers autres édifices aussi enfouis et sur lesquels des constructions modernes ont été élevées.

D'après M. Jacquemin, le Forum serait enseveli, dans toute son intégrité, à une profondeur de 4 mètres, dans l'espace compris entre l'église du collège, la tour de l'horloge et la chapelle de Saint-Lucien.

Le Forum, dont Sidoine Apollinaire, venu à Arles dans le ve siècle, à la suite de l'empereur Majorien, a décrit toutes les parties dans une de ses lettres (liv. II), était une cour rectangulaire de 96 mètres de long, sur 45 mètres de profondeur, bornée sur chacun de ses côtés par une double galerie couverte, large de 10 mètres, et ornée d'un grand nombre de statues de divinités. Au centre, se trouvait la colonne milliaire élevée par le préfet du prétoire des Gaules Auxiliaris, sous le règne de Théodose et de Valentinien, et que l'on peut voir au musée.

D'après M. J.-J. Estrangin, le Forum d'Arles, suivant le tracé de ses ruines, avait la même forme que celui d'Herculanum, découvert en 1765.

Les bouleversements nombreux subis par l'emplacement où se trouvait le Forum d'Arles, nous sont inconnus.

Ces bouleversements forcent à reconnaître
La main d'un architecte invisible et grand maître.
On croit voir les débris de temples écroulés...
Et les siècles sur eux se sont amoncelés.
Là ne pénètrent point la vie et la lumière,
L'obscurité partout y règne tout entière.
Séjour inhabitable et rempli d'ossements,
Que dire de ces lieux et des évènements?
Hélas, rien ne répond, la nature est muette :
Aux humains l'univers tient sa marche secrète.

LE MONUMENT DU COLLÈGE DES JÉSUITES

Dans les caves et dans la grande cour du collège, appartenant autrefois aux Jésuites, se trouve
un monument contigu aux ruines du Forum, et
j'ai pu le visiter dans cette même promenade.

Les restes qu'on y remarque sont insuffisants
pour permettre aux archéologues de connaître sa
destination primitive. M. J.-J. Estrangin croit reconnaître les débris d'une basilique (induction qu'il
tire du voisinage du Forum), c'est-à-dire d'un tribunal romain où se rendait la justice et adjacent au
Forum. M. Dumont, a vu les piédestaux et les ni-
ches vides qui devaient supporter et contenir des
statues ; ces ruines seraient, d'après lui, les vestiges d'un temple circulaire.

LA COLONNE MILLIAIRE

J'ai parlé plus haut de la colonne milliaire *auxiliaris*. C'est le plus important débris des quel-

ques colonnes milliaires découvertes jusqu'en 1836. Ces restes mutilés signalent l'existence des voies romaines traversant autrefois le territoire d'Arles et le mettant en communication avec l'Italie, la Gaule narbonnaise et l'Espagne.

Le milliaire *auxiliaris,* conservé au musée, a été découvert en 1648, dans les fondations d'une maison, à l'endroit même où fut bâti, depuis, le collège des Jésuites. Il se trouvait sur la prolongation de la voie aurélienne qui, par la conquête des Romains, pénétra dans le Languedoc pour aboutir ensuite à Cadix.

> Des légions de Rome on retrouve la trace
> Partout, du Capitole aux confins de Cadix.
> Les Gaulois ont perdu leur Vercingétorix,
> Sur leur sol devasté les Romains ont pris place.

La voie aurélienne avait plusieurs lignes d'embranchement. Une de ces lignes allait de Salon, à Aureille, d'où cette dernière commune aura sans doute tiré son nom. De même Septèmes, non loin de Marseille, dont le nom dérive du mot: *Septem millia* (1).

---

(1) Pour les itinéraires, voir la *Statistique des Bouches-du-Rhône.*

AQUEDUCS

Il n'est pas une ville plus ou moins importante de l'antiquité, qui ne possédât ses aqueducs.

Arles avait les siens qui allaient prendre les eaux au delà des montagnes de Saint-Remy et dont les vestiges étaient encore visibles lors des fouilles de 1836 et de la découverte du Forum.

On peut suivre encore aujourd'hui dans les montagnes (1) les traces de ces grands travaux amenant les eaux à Arles par le canal dit *Grand-Barbegal*, commençant à peu de distance de Saint-Remy, et pénétrant dans Arles par un canal souterrain, creusé sous les remparts, en face du cimetière béni en 1786 par Mgr Dulau (2).

Une branche de cet aqueduc conduisait les eaux à l'amphithéâtre. Des restes solides de maçonnerie prouvent cette communication.

Une autre branche amenait les eaux à l'établissement des Thermes, dans le voisinage de l'Hôtel de Ville actuel.

On retrouve encore sur divers points de l'arrondissement d'Arles, et surtout dans son terri-

---

(1) M. DE LANOY, dans une dissertation numismatique publiée en 1834.

(2) Le 28 mai 1786. — Mgr Dulau, dernier archevêque d'Arles, mort le 2 décembre 1792, à Paris, au couvent des Carmes, rue Vaugirard.

toire, près des domaines de Barbegal, de Montca-
lon, sur la colline de Molleyrès, des vestiges indi-
quant la direction du grand aqueduc romain (1).

Les eaux étaient amenées d'Arles à Trinquetaille en traversant le Rhône au moyen de tuyaux
de plomb dont on voit des fragments au musée.

C'est sur l'emplacement de l'ancien aqueduc romain, traversant les marais de Pont-de-Crau, que
l'aqueduc nommé *Pont-de-Crau* fut bâti en 1641.
Il a été reconstruit après la grande inondation du
Rhône, en 1755, qui l'avait renversé. Il se compose
de 57 arcades, supportées par des massifs de maçonnerie. Ce même aqueduc supporte à son tour
celui du canal de Craponne, ayant 662 mètres de
longueur, et soutenu par 94 arcades à plein cintre.

(1) Pour la ligne et la direction des aqueducs, voir J.-J. ESTRANGIN, p. 76
à 79.

LE PALAIS DE CONSTANTIN

Indépendamment des ruines dont nous venons de parler, il en existe d'autres dans l'intérieur de la vieille cité d'Arles.

Les souvenirs historiques doivent nous aider à reconstruire ce palais de la *Trouille*, *Aula Troliæ* (1), séjour préféré de Constantin, et dans les ruines duquel on découvre encore la brique romaine.

Ce palais ou château, construit de l'an 306 au 11 mai 330, jour de sa dédicace, se réduit actuellement à une seule tour, portant le nom de *la Trouille,* et dont les murailles sont faites de briques et de pierres mêlées.

On ne peut se figurer, en voyant ces vestiges, que ce sont là les restes du magnifique palais édifié par Constantin-le-Grand. L'impératrice Fausta, sa femme, y mit au monde, le 7 août 316, Constantin II, son premier fils.

Ce palais a vu les orgies sanguinaires de Maximien Hercule qui avait partagé le pouvoir impérial avec Dioclétien.

---

(1) Il fut ainsi appelé à cause, dit-on, du bac à traille qui servait, près de ce palais, à traverser le Rhône.

La plus grande partie de ce vaste édifice s'étendait, paraît-il, depuis le Forum jusqu'au Rhône, emplacement aujourd'hui englobé dans les constructions modernes dominées par la forte digue en pierres de taille qui défend la ville contre les crues du Rhône.

Le terrain sur lequel sont élevées ces constructions est en contre-bas du niveau du fleuve. C'est là la preuve incontestable de l'exhaussement progressif et depuis longtemps constaté du niveau des eaux du Rhône, depuis que Constantin-le-Grand avait fait d'Arles sa capitale.

Mais, malgré la forte digue destinée à la protéger contre les débordements du Rhône, la ville d'Arles n'en est pas moins exposée, lorsque surviennent des pluies abondantes, à avoir ses bas quartiers inondés.

C'est ce qui est encore arrivé récemment, en décembre 1888. Le spectacle était navrant ; le Rhône avait dépassé de 5 mètres son étiage, des rues et des places étaient entièrement sous les eaux.

Les environs de la ville surtout ont été éprouvés, si l'on en juge par les nombreuses routes rendues impraticables et par les dommages qu'ont soufferts les maisons de campagne.

Le retrait des eaux ne commença que le 3 janvier 1889, et ce fut le salut, car dans le Trébon elles avaient atteint 1 mètre 50 centimètres de plus que lors des inondations de 1886.

Pour en revenir à la résidence impériale :

> Le palais des Césars a perdu sa splendeur...
> Aujourd'hui qu'offre-t-il aux regards du touriste ?
> De rares souvenirs dans un endroit bien triste,
> Une tour qui ne dit plus rien de sa grandeur.
>
> Construit par Constantin, il en reçut les formes,
> Les embellissements dignes des plus grands rois.
> Empereurs et consuls y dictèrent des lois...
> Maintenant on n'y voit que des débris informes.

Après la chute de l'empire romain, cet édifice, dont il n'est plus question, dès le XIIe siècle, dans les archives publiques, servit de demeure aux rois Goths et Francs, aux rois d'Arles, ainsi qu'aux comtes de Provence de la maison de Barcelonne.

ÉGLISE MÉTROPOLITAINE

DE SAINT-TROPHIME

Il me tardait de visiter cette basilique prima-
tiale, berceau de la foi chrétienne dans notre
pays. Cette vieille église, remontant aux premiers jours du Christianisme, est, comme toutes
celles bâties plus tard au moyen-âge, un symbole ;
son architecture et sa sculpture sont une représentation des dogmes, des mystères et des his-
toires de l'ancien et du nouveau Testament.
L'édifice consacré à saint Trophime est donc un
de ces monuments religieux, par trop rares, qui
ont pu conserver l'empreinte des premiers âges,
malgré leurs diverses transformations et les siècles qu'ils ont traversés.

Le monument a la forme d'une croix, et d'après
les opérations mathématiques faites le 20 avril
1833, par M. Nalis, ingénieur civil de la ville
d'Arles, sa longueur est de 78 à 80 mètres ; sa
largeur varie de 28 à 30 mètres ; sa hauteur est
de 20 mètres, le clocher en a 42, y compris toutes
ses dépendances, mais non compris le préau du
cloître ; enfin, sa superficie est de 2,400 mètres
carrés.

Cette métropole, avec son portail qui offre dans ses sculptures un vaste tableau, « la représentation symbolique du jugement dernier et des traits les plus saillants de l'ancien et du nouveau Testament », est une des églises les plus remarquables par ses formes architecturales et des plus intéressantes par son histoire. Tout d'abord chapelle dédiée à saint Etienne, et ensuite métropole lorsque les reliques de saint Trophime y furent transportées, elle a vu Charles-Martel et Charlemagne vainqueurs des Sarrasins.

Le touriste qui passe et qui voit Saint-Trophime
S'empresse d'admirer l'édifice sublime,
Dont les grands travaux d'art sont des siècles passés
Et par d'autres jamais n'ont été surpassés.
Cet ensemble parfait, harmonieux ouvrage,
De l'art et du génie est l'heureux assemblage ;
Ce vaste monument, des premiers temps chrétiens,
Devient toujours l'objet de profonds entretiens.
Il faut tout admirer, colonnettes, sculptures,
Colonnes, chapitaux, ainsi que les peintures,
Les voûtes, les arceaux dont la légèreté
De son architecture augmente la beauté.

L'entrée de la basilique est sur la place de l'Hôtel-de-Ville, et l'on y montait autrefois par de larges degrés en marbre, aujourd'hui remplacés par des marches de pierre.

On admire le clocher, de forme quadrangulaire, surmonté d'une croix élevée de 42 mètres au-dessus du sol.

Cette magnifique métropole, bâtie sur les ruines d'une partie du prétoire romain, est due à

Virgile, abbé de Lérins, devenu titulaire du siège diocésain d'Arles, vicaire général du Pape, et que ses vertus firent placer au rang des saints. Les fondements en furent jetés en 601. Terminée en 626, elle fut dédiée, le 26 mai de la même année, à saint Etienne, premier martyr.

Elle prit plus tard le nom de *Saint-Trophime*, lorsque, en 1162, ses restes y furent transportés de la chapelle des Aliscamps.

Cette translation, faite par les soins de l'arche-vêque d'Arles, Raymond de Mont-Redon, eut lieu avec une solennité qui prouve le respect des Provençaux, à cette époque, pour le premier évêque d'Arles (1). On vit accourir à cette fête religieuse les évêques et les seigneurs de plusieurs provinces de France. Raymond V, comte de Toulouse, y assistait avec toute sa cour. L'archevêque Raymond de Mont-Redon était assisté de ses suffragants les évêques d'Avignon, de Vaison et de Marseille (2).

On suppose que la basilique de Saint-Trophime a été reconstruite dans le XIe siècle, après les in-

---

(1) D'après une ancienne tradition remontant à l'an 58, saint Trophime est le premier apôtre des Gaules. — Il était disciple de saint Paul, et saint Pierre l'envoya prêcher l'Evangile dans les provinces gallo-romaines. Il vint à Arles où il combattit avec ardeur l'idolâtrie et les sacrifices humains, et fit construire une chapelle à la sainte Vierge encore vivante, *adhuc viventi*. D'après Lalozière et d'autres écrivains, cette tradition serait rendue probable par la découverte d'une pièce de marbre vert portant l'inscription suivante : *Sacellum dedicatum Deiparæ adhuc viventi*, trouvée dans cette chapelle et transportée à Rome, où l'on croit qu'elle existe encore dans le riche cabinet ayant appartenu au cardinal français Barberin. Voir Lalozière et les *Fastes de la Provence* par M. Fouque.

(2) Voir *Fastes de la Provence* par M. Fouque.

vasions des Sarrasins. On fait remonter à cette
même époque l'adjonction, au monument, des
grands arceaux, des voûtes, du transept et du clocher, qui peuvent appartenir en effet aux temps
carlovingiens, d'après les sigles que l'on y remarque et le genre de construction.

L'église a subi, depuis lors, diverses modifications en 1440, 1462, 1695 et 1696. A cette dernière
époque, l'archevêque Jean-Baptiste de Grignan la
remania et lui fit subir des changements dans le
goût du style grec. Les grandes fenêtres de la
nef et du chœur ainsi que les tribunes datent de
cette époque. On supprima les arcs doubleaux des
grandes voûtes et les avant-piliers.

Les deux portes latérales placées des deux côtés
du portail ont été ouvertes en 1700.

Sous la Révolution, la basilique de Saint-
Trophime fut mise au rang de simple paroisse.
On en fit plus tard un *Temple de la Raison*.
Rendue au culte, on y fit diverses réparations,
entre autres celles nécessitées par le mauvais
état des marches du perron et des dalles du pavé
intérieur, dont l'usure prouvait que, loin d'être
abandonnée et déserte, cette église, berceau de la
foi dans les Gaules, était en grande vénération
dans la population.

Quant aux travaux de reconstruction exécutés
par M. Revoil, architecte diocésain, en 1870, ils
étaient nécessaires pour remettre l'église dans l'état
où elle se trouvait au XVIIᵉ siècle, avant la transformation et les mutilations que, dans une pensée
d'agrandissement, on lui avait fait subir sous

l'épiscopat de Mgr de Grignan. On a rétabli tels qu'ils étaient autrefois les deux assises et les piliers dans la grande et la petite nef. Les arcs doubleaux correspondants aux assises ont été également remis. Les fenêtres romanes, qui avaient été transformées, et celle du nord, qui, à cause du vent, avait été supprimée, ont été rétablies en leur ancienne forme, celle du nord semblable aux autres qui étaient moins grandes.

Enfin on a supprimé les tribunes qui avaient été construites en style de l'époque sur la porte d'entrée, et dans les bas-côtés. On a laissé celles des transepts, lesquelles peuvent donner, avec les grandes fenêtres les éclairant, une idée de ce qui existait dans le reste de l'église.

Depuis que l'œuvre confiée à M. Revoil, l'intelligent architecte diocésain, est achevée, les connaisseurs, les amateurs et les curieux n'ont cessé de se montrer unanimes sur le mérite de la transformation qui a rendu à l'antique basilique de Saint-Trophime son véritable caractère primitif, perdu par l'empreinte que le XVIIe siècle avait laissée sur elle.

Le grand portail de Saint-Trophime est un chef-d'œuvre du XIIIe siècle. On suppose qu'il a été commencé en 1211, sous Hugues Bernard, archevêque d'Arles, et terminé par Jean Bassan, son successeur (1).

---

(1) Pour la description du portail, voir : JACQUEMIN, *Statistique de la ville d'Arles*, page 341. — JOANNE, *De Lyon à la Méditerranée*, page 140, et la description détaillée de M. l'abbé TRICHAUD, dans son *Itinéraire du Visiteur des principaux Monuments d'Arles*.

Cette supposition s'écarte peu du sentiment de
MM. Emeric-David et Millin. « Elle est justifiée,
dit M. J.-J. Estrangin, (page 203) par la forme des
insignes sacerdotaux de la statue de saint Trophime, qui porte la mitre et le pallium tels qu'ils
furent modifiés, en 1233, sous Jacques Bassan. »

M. Emeric-David, dans un écrit publié en 1806
et réimprimé en 1807 (1), place la construction
du célèbre portail vers le milieu du XII⁰ siècle.
« Le portail de l'église Saint-Trophime d'Arles,
dit-il, terminé en 1152, dernier soupir du ciseau
grec, reporte l'imagination vers les plus belles
époques de l'art : on y retrouve encore dans les
attitudes, du naturel ; dans les draperies, de la
simplicité ; dans les têtes, de la vérité, de la
dignité, de l'énergie ; et quelquefois, sur les bas-
reliefs, d'heureuses réminiscences de composition
antique. »

Les faits historiques dont l'église Saint-Trophime a été le témoin, sont les suivants :

Le 10 mai 813, réunion d'un concile convoqué
par l'archevêque Jean.

En 1020, couronnement de Gerardus, sixième
roi d'Arles, par Pons de Marignane.

En 1178, sacre de l'empereur Frédéric Barberousse (2).

---

(1) Travail inséré dans les *Mémoires de l'Académie des inscriptions et belles
lettres.*

(2) V. les *Offices*, de Jean DULAU, archevêque d'Arles, publiés par Jacques
Constant, curé de Saint-Trophime, 2 vol. in-8°, Arles, 1816. On consultera
aussi, avec avantage, Laurent Bonnement, prêtre et chanoine de l'Eglise
d'Arles, dont il a été le savant historien. Ses ouvrages sont manuscrits et
font partie de la bibliothèque d'Arles. Voir ceux qui ont pour titre : *Mémoires
pour servir à l'Histoire de l'Eglise d'Arles et des Prélats qui l'ont gouvernée*, etc.

Tel est ce monument antique et vénéré,
Respecté par le temps, de tout temps admiré
Et traçant à nos yeux les faits évangéliques.
Il a des plus grands saints conservé les reliques,
Bien rares de nos jours dans le monde chrétien
Et qui des visiteurs font le pieux entretien.
Il garde les tombeaux de nombreux personnages,
Précieux travaux d'art datant de tous les âges.
Du Trésor *Saint-Trophime*, aux regards étonnés (1),
Il montrait l'or, l'argent richement façonnés,
Objets religieux, souvenirs historiques,
Dons que les souverains faisaient aux basiliques.

(1) La sacristie possédait des richesses en or, en argent, en pierreries et en manuscrits. « La *Sainte Arche* en vermeil, ornée à l'extérieur de pierreries et renfermant les reliques de plusieurs saints et martyrs, a été fondue en 1793. » J. J. ESTRANGIN, *Etudes arch. et hist. sur Arles*, p. 182.

CLOITRE SAINT-TROPHIME

Deux édifices sont attenants à l'église Saint-Trophime : le Cloître et l'Archevêché.

Le Cloître, dont nous parlerons d'abord, a tout l'air d'un musée gothique, à voir ses ornements, analogues à ceux du portail. On y pénètre par un escalier, à droite de la sacristie, et par une porte donnant dans la rue des Prêtres. C'est un des plus beaux monuments chrétiens d'Arles : il fait l'admiration des voyageurs et fixe l'attention des archéologues. Il fut construit par les chanoines réguliers de Saint-Augustin, et faisait partie de leur couvent, dont la règle avait été adoptée en 1183, par le Chapitre d'Arles, sur la proposition de l'archevêque Pierre Aymard, et qui furent sécularisés en 1489 par une bulle du pape Innocent XIII. On voit, contre le mur claustral, des inscriptions portant diverses dates à partir de 1181 et dont la dernière est de 1241. Elles se rapportent à des chanoines dignitaires du cloître, inhumés dans le préau entourant les quatre galeries de l'édifice.

Il fut bâti, dit-on, jadis par des chanoines :
Envieux d'un séjour comme en ont eu les moines,

Où l'on pût vivre en paix et saintement mourir,

Ils avaient, sur ce point, satisfait leur désir.

Le palais des César aura fourni les pierres

De ce palais chrétien aux formes régulières,

Coquet quadrilatère entourant un préau

Et qui des monuments d'Arles est le plus beau.

On ne fait qu'admirer les quatre galeries

Présentant des martyrs et des saints les séries (1) ;

Ecussons, chapitaux ont leur inscription :

C'est de l'histoire sainte une description.

Le cloître Saint-Trophime, à architecture gothique, se compose de cinquante arcades divisées
en quatre galeries « construites à des époques
diverses, puisque le style en est différent. Les
douze arcades de la galerie du midi, les quatorze
arcades de la galerie du couchant et les voûtes
correspondantes sont en ogive ; les douze arcades de la galerie du levant sont en plein cintre, ainsi que les voûtes correspondantes ; au
centre des galeries, le préau carré a 17 mètres
du midi au nord, et 19 mètres du levant au couchant (2).

Les colonnettes et leurs chapitaux sont du
plus beau marbre ; les unes sont rondes, les autres octogones et d'un marbre inférieur. Les feuil-
les d'acanthe dont les sculptures sont mutilées

---

(1) Les bas-reliefs sculptés des chapitaux du cloître sont dignes de l'attention du touriste. Tous les faits importants de l'histoire sainte, tous les personnages de l'ancien et du nouveau Testament sont là, défilant devant vous,
accompagnés chacun de tous les attributs qui les caractérisent.

(2) J.-J. ESTRANGIN, *Études archéologiques, historiques et statistiques sur Arles,*
p. 184.

en beaucoup d'endroits, rappellent le plus beau travail de l'art antique (1).

Le cloître Saint-Trophime, enseveli depuis des siècles dans les décombres et les immondices, a pu être déblayé en l'année 1826. Ce monument, mieux que tout autre, pourrait être converti en musée et renfermer tous les antiques échappés à la dévastation du temps et aux nombreuses invasions des Barbares.

ARCHEVÊCHÉ

L'ancien palais archiépiscopal est contigu et réuni à l'église Saint-Trophime. Cet édifice, de construction ancienne, a été restauré par Mgr de Grignan en 1669. On ignore l'époque de sa construction ; les annales d'Arles n'en parlent pas et l'incertitude la plus complète règne sur ce point.

L'intérieur de ce temple chrétien ne vit plus que de souvenirs, depuis la translation du siège archiépiscopal à Aix.

On conservait dans les archives de l'archevêché, avant 1789, les originaux des divers conciles tenus à Arles, et d'autres manuscrits précieux pour l'histoire civile et ecclésiastique, parmi lesquels celui nommé *la Bulle d'Or*. Tous ces manuscrits

---

(1) Le lecteur qui trouvera ma description trop sommaire, pourra consulter l'ouvrage de M. J.-J. Estrangin, déjà cité ; *Le Guide du voyageur dans Arles*, par L. Jacquemin, dont les descriptions sont si intéressantes ; et l'*Itinéraire* de M. l'abbé Trichaud. V. aussi les *Monuments*, de M. Clair.

ont été transportés aux archives du chef-lieu du département (1).

D'après les découvertes, faites en 1876, de fragments de colonnes et de chapitaux antiques, dans les fondations de la façade méridionale de l'Archevêché, l'opinion des archéologues est que cet édifice, attenant à l'église Saint-Trophime, est construit sur les ruines du palais du Prétoire.

(1) Voir *Essai sur la Centralisation administrative*, par M. F. BÉCHARD, avocat, Nîmes, 2 vol. in-8o, 1837.

HOTEL-DE-VILLE

L'hôtel de ville est situé sur la place du même nom, autrefois Place Royale, où l'on aperçoit : à gauche, le portail de l'église Saint-Trophime et le palais épiscopal ; à droite, le musée lapidaire : au centre se trouve l'obélisque.

Le célèbre Pierre Puget, peintre, sculpteur, architecte, avait présenté, pour l'hôtel de ville, un plan qui ne fut pas adopté. On préféra celui d'un religieux augustin, nommé Clément, et la première pierre de ses fondations fut posée par les Consuls d'Arles le 12 juin 1673, au coin du monument dit *Tour de la Grande Horloge*. Un sculpteur arlésien nommé Pilleport fournit des dessins examinés et modifiés par Hardouin Mansard, architecte du roi, de passage à Arles. On suppose que la voûte en pierre supportant le premier étage est son œuvre. L'édifice s'éleva sous la direction d'un autre architecte arlésien, Jacques Peytret, et il fut achevé en 1675.

L'hôtel de ville forme un carré long. Il a deux entrées et se compose d'un rez-de-chaussée formé de six piliers de face, séparés par des fenêtres ouvrant dans des arcades ; d'un premier étage présentant un corps d'architecture corinthien, et d'un second étage moins élevé avec des pilastres d'ordre corinthien et couronné par des balustres.

Sur les deux fenêtres principales sont les armes de la ville : d'argent à un lion d'or accroupi, avec cette devise : *Ab ira leonis* (1).

On distingue à peine, sur les deux façades nord et midi, les traces des médaillons sur lesquels figuraient les cinq premiers roi d'Arles avec leur nom : *Arelatensis rex Boson*, Louis Boson, Hugues Rodolphe, Conrad dit *le Pacifique*, et Rodolphe II.

Les sculptures du fronton représentent deux renommées foulant aux pieds deux esclaves garrottés et chargés d'adorer le soleil de Louis XIV, placé sous le couronnement de l'édifice.

Dans le vestibule, en face l'une de l'autre, sont deux inscriptions portant les dates de 1683 et 1684 ; et au bas de l'escalier d'honneur se trouvent deux lions dus à l'habile ciseau de Dolieu. Une reproduction en plâtre de la fameuse Vénus d'Arles, actuellement au musée du Louvre, décore le premier palier de l'escalier.

Un monument de la fin de la renaissance, la tour de l'horloge, commencée en 1547 et achevée en 1553, domine le corps principal de l'hôtel de ville. Cette tour est recouverte d'une coupole sur

---

(1) Pour les armoiries de la ville d'Arles, assez inexactement décrites par les auteurs contemporains, voir le *Manuel de l'étranger dans la ville d'Arles*, par A. SAUREL, p. 32.

laquelle fut placée en 1555 la statue de Mars en bronze, fondue par Laurent Vincent d'Avignon, du poids de 12 quintaux 22 livres, et désignée sous le nom de l'*homme de bronze*.

En un mot, le monument de l'hôtel de ville, quoique postérieur à la renaissance, mérite l'examen attentif du visiteur. Mais nous ne croyons pas moins intéresser nos lecteurs en leur donnant ici quelques éphémérides se rapportant au félibrige (1), en si grand honneur à Arles et auquel l'hôtel de ville a offert si souvent une généreuse et brillante hospitalité.

Ainsi, c'est à l'hôtel de ville d'Arles que les félibres, alors connus sous le nom de *troubaires*, s'assemblèrent pour la première fois en 1852, et posèrent les premières bases de leur groupement. Le docteur L. d'Astros présidait comme doyen.

En 1874, le jury provençal du centenaire de Pétrarque siégea dans le même local, sous la présidence de Théodore Aubanel, qui lut ensuite, à Avignon, sur la place du Palais des Papes, son magnifique rapport.

C'est encore à l'hôtel de ville d'Arles, que, trois ans après, en 1877, le jury des premiers jeux floraux de la maintenance de Provence se réunit, le 26 août, sous la présidence de M. de Berluc-Pérussis (2).

La *Cigale* de Paris y tint, à son tour, une grande fête littéraire, le mois suivant.

---

(1) Voir pour le félibrige, la note complémentaire nᵒ 4.
(2) Voir note nᵒ 5.

Disons en terminant que, en 1876, le congrès archéologique de France tint ses assises à Arles, à l'hôtel de ville.

*
* *

La bibliothèque publique et le cabinet d'histoire naturelle faisant partie de l'hôtel de ville, nous leur consacrerons de suite quelques lignes.

CABINET D'HISTOIRE NATURELLE

Le savant et intelligent créateur du cabinet d'histoire naturelle, a été M. Laugier de Chartrouse. On lui doit l'achèvement du déblaiement du théâtre antique, de l'amphithéâtre, etc.

Ce cabinet renferme de riches collections de reptiles, d'oiseaux et de coquilles du midi de la France.

BIBLIOTHÈQUE DE LA VILLE

Elle doit sa création, en 1822, à M. Perrin de Jonquières. Formée d'abord d'une partie de livres de M. Fauris de Saint-Vincens, la bibliothèque possédait en 1873, quinze mille volumes (1). On évalue aujourd'hui leur nombre à vingt mille, en chiffres ronds, y compris cent manuscrits. Un catalogue général commencé le 1er janvier 1888, indiquera le nombre exact des volumes.

---

(1) Chiffre donné par A. SAUREL, *Manuel des Etrangers dans la ville d'Arles*, P. 82.

LE MUSÉE LAPIDAIRE

La formation du musée lapidaire date de 1813, dans l'église de Notre-Dame-Principale, édifice très ancien, d'abord bâti sur la place du Marché, démoli sous Louis XII, et reconstruit en 1622 sur l'emplacement de l'arsenal.

Au lieu et place d'un catalogue, qui n'existe pas, le touriste doit se contenter des explications du concierge, très au courant, du reste, de son affaire.

Sans donner ici toutes les indications pouvant guider les voyageurs dans cette visite aussi curieuse qu'instructive, nous ferons connaître les principaux objets que nous avons remarqués.

Un autel de la Bonne-Déesse, découvert en 1653, dans les fondations de la porte de Notre-Dame de la Major. — Un autel d'Apollon, sans inscription, trouvé en 1822 sous l'orchestre du théâtre. — La statue sans tête de Mithra, en marbre de Paros, découverte en 1598 sur l'emplacement du cirque (on remarque dans les intervalles des plis du serpent qui l'entoure les signes du zodiaque). — Tête *de la femme sans nez*, découverte dans les fouilles du théâtre en 1823, et considérée comme une tête de déesse, bien qu'aucun attribut ne caractérise la divinité. D'autres y voient le portrait de Livie, femme d'Auguste. — La tête de l'empereur Auguste, découverte en 1834 dans les fouilles du théâtre, d'où l'on avait retiré, en 1787, un torse s'adaptant parfaitement à cette tête colossale en marbre blanc. Ce torse avait été donné en 1821 par le conseil municipal d'Arles au musée de Paris. Le musée de la capitale, d'ailleurs si riche, n'aurait-il pas dû rendre ce torse au musée d'Arles, après constatation que « dans les deux fragments l'endroit de la cassure correspond ? » On aurait ainsi à Arles, une statue complète : des Sylènes ; — des cippes, urnes et dalles funéraires ; — des colonnes, entre autres celle dédiée par la ville d'Arles à l'empereur César-Florius-Valérius Constantin, fils de Constance, et qui a servi longtemps de borne sur le quai, où elle a été usée par le frottement des cables des navires qui s'y amarraient. — Une colonne de granit ayant appartenu à un temple de Jupiter. — Des tombeaux romains et des tombeaux chrétiens. On remarque pour les uns et les autres des cippes à inscriptions et à portraits, les lacrymatoires, les lampes funèbres et en général tout ce qui concerne le culte des morts.

On trouve dans ce musée un grand nombre d'autres objets intéressants pour l'archéologie. Les amphores sont en très grand nombre, et la majeure partie ayant été fabriquée à Arles, elles portent le nom du fondeur.

La même observation a été faite pour les tuyaux de plomb conduisant les eaux à Trinque-

taille, lesquels ont été retirés du Rhône en 1570
et 1822.

Dans le fond de la salle du musée, se trouvent
des armoires où ont été déposés les objets fragiles
et susceptibles de destruction.

La ville d'Arles était autrefois très riche en monuments de l'art antique, mais une grande partie
a été enlevée. Ainsi ont disparu de beaux marbres, des granits, des statues de dieux grecs et
romains, par les voies de la mer et du Rhône,
vendus et aujourd'hui dispersés dans les divers
musées d'Europe ou dans les collections d'amateurs.

C'est là qu'apparaissait toute la ville antique,
Ses lointains souvenirs, sa gloire poétique ;
Sous les yeux revivaient les bouleversements
Produits dans la cité par les évènements.
Le voyageur, qu'il soit amateur, antiquaire,
Qu'il ait tout vu, Paris, Londres, Rome et le Caire,
Au musée accordant sa curiosité
Dans Arles verra fuir sa grande oisiveté.
Il n'est pas un objet, là, qui ne l'intéresse
Rappelant les beaux jours de Rome et de la Grèce.

LES ALISCAMPS (CHAMPS ÉLYSÉES)

Le voyageur ne saurait se dispenser de visiter ce vaste champ des tombeaux où il trouvera plus d'un objet capable d'attirer son attention. Le philosophe s'y laissera entraîner à des méditations qui l'arracheront pour quelques moments au tumulte du monde ; il se dira, en pénétrant dans ce silencieux séjour :

> Je ne viens point ici pour troubler le repos
> De l'asile des morts, mais j'aime les tombeaux.
> La tristesse du lieu ne saurait me déplaire :
> J'y trouve le néant des choses de la terre.
> Le marbre qui recouvre un parent, des amis,
> Aux tristes souvenirs me voit bientôt soumis,
> Et les inscriptions des monuments funèbres,
> Parfois guident mes pas à travers les ténèbres.

Heureux ceux qui ne se réveilleront plus. Leur sommeil ne sera plus troublé par des songes trompeurs qui font les misères de l'humanité.

Combien sont ici nombreuses les générations qui dans le fond de leurs tombeaux devenus leur empire, ont déposé, depuis des siècles, leur faste et leur orgueil !

La nécropole des Aliscamps date du temps des Romains. *Elysii campi*, tel fut le nom qu'ils lui donnèrent et dont on a fait dans l'idiome local, par corruption, *Aliscamps*.

Ce cimetière, situé sur les rives du Rhône, était très célèbre avant le christianisme : les villes voisines se faisaient un honneur d'y envoyer leurs morts par la voie du fleuve. On y remarque le monument élevé par la reconnaissance publique aux consuls et aux curés d'Arles, victimes de la peste de 1720, et dont les noms ne doivent jamais périr. Erigé en 1722, par les consuls successeurs des magistrats victimes de leur dévouement, ce monument porte l'inscription suivante :

Sic suos habet Curtios gallula Roma, Arelas.

Cette inscription compare le dévouement des consuls d'Arles à celui de Curtius.

Sur le mausolée sont inscrits les noms suivants :

Jacques d'Arlatan de Beaumont, gouverneur de la ville ;

Consuls : Jacques Gleyse de Fourchon ; Jean Grossy, avocat ; Honorat Sabatier ; Ignace Amat de Graveson ;

Curés : C. Maurin ; Daniel Leblanc ; Math. Richard ; Ant.-J. Charbonnier ; Michel.

On rencontre encore dans la vaste étendue des Champs Elysées, des souvenirs touchants, témoignant de la fervente piété des chrétiens aux premiers temps de l'Eglise. Dans l'Elysée d'Arles, semblable du reste à ceux de Rome, et de Pompéi, les tombeaux couvraient toute l'étendue de la colline Moleyrès, sans être réunis dans une enceinte clôturée ; on y trouvait les emblèmes païens mêlés aux symboles chrétiens.

Cependant l'époque arriva où une enceinte fut consacrée aux sépultures chrétiennes et délimitée par des croix. (Pour la tradition d'après laquelle saint Trophime changea les Champs Elysées en cimetière chrétien, voir Duport, p. 69.)

D'après les historiens de l'Eglise, le cimetière des Aliscamps renfermait plusieurs chapelles ; on présume même qu'elles étaient au nombre de trente. Voici celles qui subsistent encore :

La chapelle de Saint-Pierre d'Aliscamps et Saint-Lazare, construite sur les ruines de l'hospice des lépreux ;

La chapelle de la Genouillade, construite en 1529. (Pour la tradition de cette chapelle, voir Duport, p. 409.)

La chapelle consacrée à saint Pierre et à saint Paul, sur le point à la fois culminant et central de l'antique nécropole.

D'après la tradition, cette église, incendiée par les Goths, reconstruite et détruite encore durant le siège de la ville par Charles-Quint, avait été bâtie par saint Denis l'aréopagiste sur les ruines d'un temple de Mars. Elle fut dédiée à saint Pierre et à saint Paul par son fondateur, venu à Arles pour voir saint Trophime, qu'il trouva mort (1).

---

(1) *Histoire de la ville d'Arles*, par DUPORT, p. 401.

Ce monument relevé plusieurs fois de ses ruines et dont l'architecture « porte l'empreinte du style byzantin, étouffé dans des constructions du XVIᵉ siècle (1) », ne sert plus au culte.

Saint-Honorat des Aliscamps, connue aussi sous le nom de Notre-Dame de Grâce, est cette église encore debout, autrefois très riche, aujourd'hui pauvre et déserte. Ce monument, berceau du christianisme dans les Gaules, fut consacré à la Vierge encore vivante, en 75, par saint Trophime, premier évêque d'Arles. Il a été le lieu de sépulture de plusieurs évêques dont les noms figurent parmi les saints du calendrier ; il a de plus renfermé durant plusieurs siècles, les reliques mêmes de saint Trophime, transférées en 1152 dans la nouvelle métropole (2).

Sans entrer ici dans tout ce qui appartient au domaine des légendes, sans redire les traditions se rapportant à saint Trophime, il est incontestable que les Champs Elysées, lieu profane, ont subi la purification par les premiers chrétiens et qu'une chapelle y fut construite par saint Virgile, au VIᵉ siècle, sur les ruines d'une chapelle dédiée à la Vierge par saint Trophime, dit-on. Cette église, remontant aux premiers temps apostoliques, fut dédiée à Saint-Honorat (3), et obtint du pape Léon-le-Grand, en 603, de très grands privilèges.

(1) V. H. CLAIR.
(2) Pour cette translation, voir ci-devant : Eglise Saint-Trophime, p. 53.
(3) Archevêque d'Arles, mort le 16 janvier 429.

Dès les premiers temps du christianisme, la dévotion avait fait des Aliscamps l'endroit le plus fréquenté par la population. On s'y portait en foule aux sépultures. Mais à partir du XIIᵉ siècle, époque à laquelle le corps de saint Trophime fut transporté dans l'église de Saint-Etienne, cet usage finit par disparaître complètement. L'antique nécropole donna lieu alors à un commerce considérable de tombeaux ; c'était un vaste champ de curiosités, dont on transportait les échantillons à Marseille, à Lyon, à Rome et dans d'autres villes. Les Arlésiens, séduits par l'appât du gain, détruisirent ce que les Barbares avaient respecté. Mais le moment arriva où ces enlèvements durent cesser. La ville finit par donner des ordres, un peu tardifs il est vrai, pour arrêter cet odieux pillage et conserver ce qui restait de cet antique et vaste musée funèbre des Aliscamps, où l'archéologue, le statuaire et l'architecte avaient de quoi méditer en étudiant les plus beaux modèles des siècles antérieurs. L'heureuse détermination de la ville d'Arles arriva juste à temps pour relever et placer le long de la promenade aboutissant à la chapelle Saint-Honorat, les tombeaux que l'on n'avait pu emporter. Malheureusement par suite du nivellement pour l'établissement du chemin de fer de Lyon à Marseille, le terrain des Aliscamps a été bouleversé en grande partie.

MONUMENTS DU MOYEN-AGE ET MODERNES

Outre les monuments de construction romaine et autres, faisant l'objet de nos précédentes promenades, Arles possède encore des édifices nombreux méritant d'attirer l'attention du touriste, soit par leur ancienneté, soit par leur architecture et les curiosités artistiques qu'ils renferment, soit par l'ensemble de leur histoire. Nous allons les faire connaître aussi succinctement que possible.

L'Abbaye de Saint - Césaire, anciennement fondée par saint Césaire aux Aliscamps.

Il existe aux archives de Saint-Trophime une déclaration authentique, citée par Jacquemin, d'après laquelle « Marguerite d'Amat de Graveson, abbesse de Saint-Césaire, donna, en 1776, à Messieurs de l'assemblée générale du Clergé de France, tous les biens et possessions de l'abbaye fondée par saint Césaire aux Aliscamps, et transférée dans la ville en 1360 (1). » On voit dans la ville les ruines de l'église et de l'abbaye de Saint-Césaire des Aliscamps, dont l'histoire de la trans-

(1) JACQUEMIN, p. 42.

lation dans la cité se rattache à celle du monastère de Saint-Césaire des Champs-Elysées.

L'église de Saint-Jean de Moustiers (ancienne abbaye de Saint-Césaire), occupe l'angle formé par le vieux rempart (tour romaine). Un local y a été affecté au musée composé des tableaux acquis, par la ville, de Mme Grange, fille du peintre arlésien Réattu.

On remarque dans la collection Réattu, trois tableaux originaux : un d'Annibal Carrache, un du Titien et un de Ribera, et un bas-relief de Jean Goujon.

Une autre église du monastère de Saint-Césaire a été bâtie sur les ruines d'une basilique dans le IXe siècle.

L'église de Sainte-Agathe, construite séparément, est celle où les religieuses recevaient la sépulture. On s'y rendait par la cour du monastère.

La célèbre abbaye de Saint-Césaire ne consiste donc plus qu'en ruines rappellant son histoire.

L'église des Carmélites, construite en 1731, a une jolie façade dans le style antique et des portiques d'une construction gracieuse. Cette église se trouve actuellement réunie à l'hospice Saint-Joseph.

En 1616 la ville acheta l'hôtel Laval pour construire *l'église des Jésuites*, connue sous le nom de *Collège*, et dont ils prirent possession en 1649, comme l'indique du reste une inscription quelque peu lisible sur une ancienne porte. Nous signalons ici cet établissement parce que l'on trouve encore dans ses caves des débris de constructions antiques dont nous avons dit un mot en parlant des ruines du Forum (*voir p. 43*).

Le clocher de l'église des Cordeliers est la seule chose qui reste de cet édifice bâti en 1716 et détruit pendant les évènements de 1793. Ce clocher, dont on admire la légèreté et qui plaît par son élégance, est une construction de Pierre La Chapelle.

La Halle aux poissons n'offre de remarquable que son ancienneté. Elle a été élevée en 1647 sur le terrain où se trouvait le cimetière de la paroisse Sainte-Croix.

L'église Sainte-Croix se trouve dans le voisinage de la halle aux poissons. Cet édifice, probablement reconstruit en 1720, se trouve actuellement converti en magasin. Si nous en parlons ici c'est parce qu'il se fait remarquer par son clocher gothique dont la construction est du milieu du XVIᵉ siècle.

Hospice de la Charité. Sa fondation remonte à l'année 1641. On y reçoit les vieillards, les infirmes et les pauvres sans asile.

L'Hôtel-Dieu, dit *l'hôpital Saint-Esprit*, a été formé de la réunion de tous les hôpitaux d'Arles dont les revenus ne suffisaient pas à leur entretien. Le premier consul Jean de Raymond en posa la première pierre le 24 février 1574.

Notre-Dame de l'Assomption. Cette chapelle, située rue de la République, dans la maison de M. Dumas, et dont M. Honoré Clair fait une très belle description, faisait partie du monastère des Grands-Carmes et avait été construite, vers la fin du xv⁰ siècle, par un gentilhomme arlésien, l'opulent Nicolas des Alberts, qui y avait fait construire un superbe tombeau à son épouse Marie de Celliers. On a découvert dans un coin de cette chapelle « l'écusson du fondateur, écartelé d'or et d'azur, des Alberti de Florence. » (*J.-J. Estrangin, p. 252.*)

Notre-Dame-de-la-Major. Cette église se trouve près de l'amphithéâtre sur un point élevé de la ville. Elle n'offre rien de remarquable en architecture, mais elle présente des souvenirs se rattachant à cet ancien monument, que les archéologues croient avoir été jadis un temple de la Bonne Déesse. On y a découvert, en 1758, dans les fondations du nouveau porche, un autel de Cybèle, actuellement au musée lapidaire. Diverses mosaïques ont été aussi découvertes dans les fouilles plus récentes faites sur la place en face de l'église. On est donc porté à supposer que d'autres débris de l'ancien temple doivent se trouver sous les fondations des maisons voisines. La consécration de l'édifice avait eu lieu en 452 par l'évêque Ravennius. De nombreux conciles y furent tenus, entre autres celui de 314, convoqué par Constantin, contre les Donatistes. La voûte date du xvi⁰ siècle. Six colonnes de porphyre à cette époque, décoraient l'abside, mais elles furent données par la ville d'Arles à Catherine de Médicis.

On remarque dans l'église une statue de la Vierge par le célèbre sculpteur romain Monti ; un tableau représentant la peste de Milan, et une superbe coquille de marbre vert antique servant de cuve baptismale. Plusieurs reliques précieuses sont enfermées dans le presbytère.

Saint-Césaire. L'église actuelle a été consacrée en 1627 par l'archevêque Gaspard de Laurent. Elle a été construite sur les ruines de la première église, datant de 1451, et que le feu détruisit presque entièrement dans les commencements du xviie siècle. Elle renferme les tombeaux de la famille Quiqueran de Beaujeu. La porte de l'église est une œuvre d'art antérieure à Louis XIII.

Saint-Antoine. Cette église, appartenant autrefois aux Bénédictins de Montmajour, date de 1648. Elle a été construite sur l'emplacement de celle élevée en 1119 par l'archevêque Othon, et consacrée à Saint-Julien par le pape Calixte II à son retour du concile de Valence.

La première pierre de l'édifice actuel a été posée en juin 1648 par François Adhémar de Monteil de Grignan, archevêque d'Arles. Son architecture n'offre rien de remarquable. La façade est grecque et les nefs sont ogivales. On y remarque une belle cuve baptismale creusée dans un superbe chapiteau antique : une Assomption et un Chœur, de Parocel.

L'ancienne *église des Prêcheurs*, construite vers le milieu du XVᵉ siècle, n'appartient plus au culte ; elle se trouve divisée en plusieurs compartiments qui sont autant de magasins d'entrepôt.

On remarque sur les murs extérieurs d'une chapelle de cette église, des ornements d'architecture assez remarquables.

Citons encore : l'église, bâtie en 1532, de la confrérie des Pénitents blancs fondée en 1521 par Mgr l'archevêque Ferrier ; et l'église des Pénitents bleus fondée en 1522 et portant le nom de *Notre-Dame-de-Pitié*.

Il existe d'autres églises, mais elles ne sont plus affectées au service du culte, et on n'y trouve rien à signaler en fait d'architecture. Toutefois, on peut citer parmi ces édifices celui de *Saint-Lucien*, ainsi nommé depuis que Charlemagne y fit transporter par Turpin, archevêque de Reims, les reliques de saint Lucien, martyr, apportées d'Orient par un autre empereur, et conservées à Arles dans un buste en vermeil.

Cette église s'appelait auparavant *Notre-Dame-du-Temple*, parce qu'elle avait été bâtie sur les substructions du temple de Minerve, comme du reste cela est arrivé dans d'autres pays, où des églises furent construites sur les restes de temples païens dont les idoles avaient été renversées et détruites lors de la conversion de Constantin-le-Grand.

L'église Saint-Lucien, dont les substructions sont pleines d'ossements, servait naguère de café.

Les visiteurs cherchant à Arles des souvenirs religieux, peuvent se rendre dans la rue de l'Abbaye, où ils trouveront la maison dite « *des saints.* » Cette vieille habitation, de chétive apparence, a sa façade ornée d'une statue de la Vierge. D'après la tradition, saint Trophime donna, dans cette maison, l'hospitalité à saint Paul et à saint Jacques.

Dans le voisinage de l'hôpital de la Charité, on peut aussi visiter dans une maison les restes d'un hôpital construit dans le xviie siècle, pour recevoir les pèlerins à leur retour de la Terre-Sainte.

THÉATRE

Arles n'a plus, de son beau théâtre romain, que des ruines dont nous avons déjà fait la description (1). Le théâtre moderne est situé sur la Lice. Sa construction a été terminée en 1839, sous la gestion de M. Boulouvard, maire. Les décorations intérieures, sont du meilleur goût et ont été faites par MM. Victor et Emile Chevillon.

---

(1) Pour le théâtre antique, voir p. 38.

FAUBOURGS D'ARLES

LE RHÔNE

Le faubourg Trinquetaille, un des quartiers de la ville d'Arles, est situé sur la rive droite du Rhône. C'est l'ancien Saint-Genest. Il faisait autrefois partie des possessions de la maison des Baux, après avoir été démembré du domaine des archevêques d'Arles.

Du temps des Romains, le faubourg Trinquetaille, dont la population était considérable, faisait également partie de la ville d'Arles, à laquelle il était relié par un pont placé entre le palais impérial et la porte de la Cavalerie, et dont la dernière arche aboutissait à Trinquetaille, au quartier de la Pointe. On trouve encore en cet endroit des pans de mur qui ont fait partie de ce pont. D'autres débris de mur, sur le même lieu, proviennent d'un château fort construit par la maison des Baux au moyen âge.

Lors du commencement des travaux d'endiguement du Rhône on voyait encore les restes du pont romain du côté d'Arles, sous le rempart de la rue Chiavary, près de l'ancien couvent des Petits-Pères.

L'autre extrémité du pont arrivait au bout du chemin de la rue Verrerie. On y a trouvé des restes d'énormes tuyaux de plomb par lesquels les eaux passaient de la rive gauche à la rive droite du Rhône.

Trinquetaille était autrefois entouré de remparts, élevés sans doute avec les matériaux provenant de la démolition des temples et autres édifices anciens, à l'époque de l'invasion des Barbares. Cette supposition est basée sur la découverte de vestiges appartenant à des monuments romains. Mais on ne trouve plus aujourd'hui aucun reste de ces fortifications.

On peut visiter encore dans le faubourg Trinquetaille l'église de Saint-Pierre-ès-liens, construite en 1690.

***

Situé entre le Rhône et le chemin de fer de la gare maritime, ce faubourg, d'une population de 1,600 âmes, se trouve relié aux quartiers de la rive gauche par le pont de Trinquetaille, remplaçant avec avantage l'ancien pont de bateaux. C'est un magnifique pont métallique, protégé, par son élévation, contre les plus fortes crues, et d'une longueur de 200 mètres environ sous ses arches.

Le Rhône, en cet endroit, a une largeur de 150 mètres; à Saint-Louis elle est de 310 mètres. Quant au cours du fleuve, sa pente, à partir de son entrée sur le territoire de notre département jusqu'à la mer, est de 13 mètres, dont la moyenne est de 0ᵐ225 millimètres par kilomètre. Le débit de ses eaux est de 14,000 mètres à sa plus grande puissance, et de 500 mètres seulement à la moindre.

Sa profondeur au pont d'Arles est de 17ᵐ50.

« à Mollégès de 15ᵐ25.

« à Pont-de-Pâques de 15ᵐ25.

« à la Tour Saint-Louis de 18ᵐ50.

Sa vitesse moyenne entre Arles et les embouchures est de 0ᵐ968 par seconde.

*
* *

Les autres faubourgs d'Arles sont les suivants :

Aliscamps (des), au sud-est de la ville, entre le cimetière et les ateliers du chemin de fer.

Cirque (du), au sud de la ville, entre la lice et le canal de Bouc.

Porte Agnel (de la), à l'est de la ville, entre l'usine à gaz et le cimetière.

Templiers (des), au sud de la ville, près de la gare du chemin de fer.

Nous nous arrêtâmes seulement au faubourg des Aliscamps pour visiter le cimetière antique, dont nous avons déjà fait la description. (*Voir pages 71 et suivantes*).

PONTS

Indépendamment du pont de Trinquetaille, qui relie les deux rives du Rhône à Arles, il en est d'autres dignes d'attirer l'attention des voyageurs par le mérite et la beauté de leur construction.

Nous citerons le grand viaduc supportant la ligne ferrée d'Arles à Marseille, d'une longueur de 769 mètres, et se composant de trente et une arches de 21 mètres de largeur et de 8 mètres d'élévation, qui reposent sur des piles de 3 mètres d'épaisseur ;

L'ancien pont de Crau se composant de cinquante-sept arches et conduisant les eaux du canal de Craponne dans un aqueduc dont la longueur est de 662 mètres, soutenu par cinquante-deux arcades à plein cintre ;

Enfin le pont viaduc de la ligne d'Arles à Lunel, formé de cinq travées, ayant 294 mètres d'ouverture.

GARE DU CHEMIN DE FER

La gare d'Arles est de première classe.

Sa construction et ses dimensions n'offrent rien de remarquable. Nous devons seulement observer que les ateliers, construits sur une partie des terrains des Aliscamps, ont pris une vaste superficie de cet ancien cimetière.

MONTMAJOUR

Salut, ô vénérés débris de Montmajour,
Que je viens admirer et chanter à leur tour.
On ne regrette point les quelques kilomètres
Quand on distingue au loin la tour et les fenêtres
De l'antique abbaye, asile glorieux
Des grands Bénédictins, de ces moines fameux,
Possesseurs de biens-fonds dans toute la Provence,
Mais plus puissants encor par leur haute science ;
Ayant fourni jadis papes et cardinaux
Que le talent rendit dignes de leurs égaux,
Et qui par leurs vertus surent prouver au monde
Qu'ils joignaient au savoir la sagesse profonde.
Les voilà, ces débris, ces restes valeureux
Qui nous disent encor ce que furent ces lieux.
Si leur vue aujourd'hui n'inspire que tristesse,
Leur passé charme encore et toujours intéresse.
Là d'aucun être humain on n'entend plus la voix,
Désertes sont hélas ! la crypte et Sainte-Croix.
Seules dedans les rocs pourraient parler les tombes,
De Rome rappelant les froides catacombes.
Là ne pénètre point la lumière du jour ;
Les horreurs de la nuit ont conquis ce séjour,
Et l'immense escalier de quarante-cinq marches
Que foulaient autrefois nombre de patriarches
En un sombre parvis conduit les visiteurs.
On y recherche en vain les antiques splendeurs
Du temple souterrain : des ombres désolées

Semblent errer parfois autour des mausolées,
Commandant en ces lieux, où la nature dort,
Le silence qui seul sied autour de la mort.
Mais parmi les objets que le temps ne décime
Est le fauteuil en pierre où s'asseyait Trophime ;
Dans la roche jadis habilement taillé,
Ouvrage précieux avec art travaillé,
Que l'on peut vénérer dans la crypte profonde
En souvenirs pieux hélas ! trop peu féconde.
Jadis les pèlerins en grand nombre et joyeux
Pour la fête Saint-Pierre accouraient en ces lieux,
Célébrant les vertus du bienheureux Césaire
Eminent fondateur du riche monastère
Dont la superbe tour s'élançait dans les airs
Pour arrêter la foudre au milieu des éclairs.
Et l'antique abbaye, œuvre si grandiose,
Semble vivre toujours, son aspect en impose :
On songe à Childebert, monarque généreux
Qui combla le couvent de subsides nombreux,
Voulant que cet asile, en sa magnificence,
A jamais rappelât le nom d'un roi de France.

Après avoir quitté les ruines rappelant, dans la cité arlésienne, de si grands souvenirs historiques, nous voilà, à quelques kilomètres de ses murs, en présence d'autres ruines, celles de l'ancienne et célèbre abbaye de Montmajour, avec sa fière tour dominant à la fois l'église et le cloître qui la touche. La colline de Montmajour, avec celle des Cordes, offrent un superbe point de vue sur la plaine du Trébon. En effet, rien de plus beau à voir que le paysage de ces deux montagnes. « Elles formaient autrefois, selon de grandes probabilités, une île enchanteresse que Calypso et ses nymphes n'eussent point dédaignée (1), » où la féerie, d'après la tradition, a joué un rôle important.

Plus anciennement encore, ces deux collines étaient recouvertes par les eaux de la mer. On se rappelle encore qu'avant le dessèchement des marais d'Arles on ne pouvait s'y rendre, surtout lors des grandes pluies, qu'en bateau.

Au milieu de ces ruines, celles qui doivent attirer l'attention des voyageurs sont, d'abord, l'abbaye et l'église, la tour, la chapelle de Sainte-Croix, monument à la fois élégant et correct, et dans la colline des Cordes, la grotte mystérieuse des fées que cachent des rochers entremêlés de broussailles.

En l'année 540, Césaire brillait sur le siège métropolitain d'Arles par l'éclat de sa sainteté et de ses lumières. Aussi ses vertus inspirèrent à Childebert Ier, roi de France, venu pour visiter la ville d'Arles, des actes d'une munificence religieuse et vraiment royale, entre autres la construction, pour les anachorètes réfugiés dans les bois de la colline des Cordes, d'un vaste et riche monastère sur l'autre colline voisine, plus élevée, motif pour lequel on donna au monastère le nom de *Montmajour*.

En l'année 640, le pape Grégoire confirma les privilèges accordés, sur la demande du roi Childebert, au monastère, par l'un de ses prédécesseurs (2).

---

(1) Fouque, *Les fastes de la Provence*, vol. 1, p. 279.
(2) Voir Honoré Bouche, t. 1, liv 5. — Gilles Duport, *ibid.* ch. 38. — Longueval, t. 3, liv. 9.

Quant à la fondation de l'abbaye, elle remonte au XIme siècle. Elle fut commencée en l'année 1017 par Pons de Marignane, religieux de l'abbaye de Saint-Victor de Marseille, désigné au siège archiépiscopal d'Arles en 1005. Cette construction, y compris la chapelle, fut terminée en 1019, d'après la charte originale de la consécration de la chapelle en date des calendes de mai 1019 (1).

Le rocher sur lequel se trouve construite la chapelle, présente une quantité considérable de tombeaux de dimensions diverses et taillés dans le roc.

Sous l'église supérieure, en forme de croix, se trouvait la crypte, chapelle souterraine ou *confession,* où l'on descend encore par le bas de la nef. « La crypte se compose, dit M. Revoil (*Archit. rom. du midi de la France,* tome 2, p. 28), d'une partie centrale circulaire recouverte par une voûte sphérique. Les murs de ce sanctuaire, qui a encore son autel au centre, sont percés de cinq baies prenant jour sur une galerie concentrique surmontée d'une voûte annulaire. Autour de cette galerie, dans l'axe de chacune de ces baies, rayonnent cinq chapelles en forme de fer à cheval et voûtées en cul-de-four. Aux deux extrémités de la galerie transversale, placée en avant de cette disposition, se trouvent deux chapelles semblables. »

La chapelle Sainte-Croix était autrefois (avant 1789) célèbre par la fameuse procession qui y

---

(1) J.-J. Estrangin, p. 316.

attirait chaque année, au mois de mai, une foule immense, accourue d'Arles et des environs (1). Le visiteur ne trouve plus aujourd'hui dans ces lieux que des souvenirs.

D'après une ancienne inscription sur la porte de la chapelle de Sainte-Croix, inscription que Saxi nous a conservée, on attribue la fondation de cette chapelle à Charlemagne, en commémoration d'une grande victoire remportée par ce prince sur les Sarrasins après les avoir chassés de la ville d'Arles et de Montmajour où ils s'étaient retranchés.

Les religieux, mis en fuite par les Sarrasins, furent rappelés par le vainqueur et comblés de bienfaits. Les Francs tués à la prise d'assaut du monastère furent ensevelis au pied de la montagne de Sainte-Croix, et les moines s'engagèrent à célébrer solennellement un service funèbre pour le repos de leurs âmes.

Les historiens du règne de Charlemagne ne disent rien de ces faits, et cette inscription, d'après don Chantelou et don Bouquet, aurait été fabriquée dans le xve siècle par les moines de Montmajour eux-mêmes « pour s'en faire un titre de fondation royale contre l'abbaye de Saint-Antoine de Viennois, avec laquelle les religieux de Montmajour ont eu pendant longtemps de très grandes contestations, notamment dans le xve siècle (2). »

Si, d'après l'histoire, l'abbaye de Montmajour

---

(1) Voir planche 19 de la *Statistique* des Bouches-du-Rhône.

(2) J.-J Estrangin, p. 248, 249.

a eu des périodes de gloire, elle a eu aussi ses
époques de décadence. Le bénédictin don Chantelou (1) de la congrégation de Saint-Maur, a été
son historien. Ses annales manuscrites en latin,
d'abord fort nombreuses, sont réduites à cinq
exemplaires, dont un se trouve aux archives des
Bouches-du-Rhône. Avant ce savant annaliste,
plusieurs écrivains avaient tenté de décrire les
origines de Montmajour. Malheureusement, ils
n'ont point basé leur travail sur des documents
indiscutables, ni sur l'autorité des auteurs anciens,
d'où il suit que ces historiens ne sont point d'ac-
cord sur le vrai fondateur de l'abbaye.

Quoi qu'il en soit, l'abbaye de Montmajour,
moins ancienne que celle de Saint-Victor de Marseille, mais célèbre comme elle par ses richesses,
suivait également la règle de Jean Cassien, qui,
d'après certains auteurs, aurait établi à Montmajour les fondements de cet ordre nouveau. Lorsque la Révolution éclata, l'ordre des Bénédictins,
la plus riche et la plus savante des congrégations
religieuses, fut supprimé comme les autres par
l'Assemblée constituante. L'abbaye de Montmajour, tout comme les églises, les châteaux et les
monastères sous sa dépendance, furent saisis et
vendus comme biens nationaux.

En résumé, le couvent de Montmajour et la

---

(1) Chantelou, né dans le diocèse d'Angers, fut d'abord moine à Fonte-
vrault. On a de lui une bibliothèque ascétique et une édition des sermons de
saint Basile. Il collabora au *Spicilegium* de D. d'Achery et laissa divers ouvrages
manuscrits parmi lesquels sont *les Annales latines sur l'abbaye de Montmajour*. Il
mourut en 1664, étant moine dans l'ordre de Saint-Benoît.

chapelle de Sainte-Croix sont en ruines et son cloître est détruit ; son double rang de colonnettes a disparu. On y retrouve quelques épitaphes et inscriptions latines parmi lesquelles on aperçoit celle du comte Geoffroy, et les restes du mausolée d'une princesse d'Anjou.

On remarque encore la fameuse tour construite en 1369 par Pons de Ulmo, abbé de Montmajour, dominant tout le paysage et au sommet de laquelle on peut monter par un escalier établi dans l'épaisseur du mur. Elle a 30 mètres environ de hauteur, 12 mètres de l'est à l'ouest, et 5^{m}50 du nord au sud. Construite en pierres des carrières voisines de Fontvieille, cette belle tour est ornée de pierres taillées en bossage comme celles des murs remarquables d'Aigues-Mortes, et couronnée de machicoulis.

Le plan de la tour est un parallélogramme rectangle dont les deux plus larges faces regardent le nord et le midi. On voit encore sur la porte les armes parlantes de l'abbé Pons de Ulmo (1). L'intérieur de la tour se compose de deux salles superposées. « L'étage supérieur se fait remarquer par ses voutes d'arêtes aux élégantes nervures. L'escalier en colimaçon conduit à une plate-forme couronnée par la vigie, d'où le guetteur donnait, aux jours de périls, le signal d'alarme (2). »

---

(1) Ces armes indiquent la figure d'un orme.

(2) Voir, page 1 et suiv. *Le Marin de Caranrais*, dont on pourra consulter avec avantage, la savante étude historique, sur l'abbaye de Montmajour-les-Arles, d'après les manuscrits de D. CHANTELOU et autres documents inédits tirés des archives des Bouches-du-Rhône. Cette étude a été publiée dans la *Re-*

En effet, au midi, la montagne des Cordes s'efface et l'on a devant soit la vaste plaine, jadis couverte de marais, aujourd'hui très fertile, qui s'étend jusqu'aux portes d'Arles, dont on aperçoit les arènes à l'horizon. A l'ouest et au nord le Rhône brille et traverse l'antique cité romaine (1). Le tableau se termine par la vue des tours de Saint-Gabriel, et, plus loin par celle des Alpines, d'où s'élève, sans qu'on puisse l'apercevoir, le donjon ruiné qui fut le berceau des redoutés seigneurs des Baux.

La montagne connue sous le nom *de Cordes,* moins grande que celle de Montmajour, en est éloignée de trois kilomètres et se trouve comprise dans la commune de Fontvieille. D'après la tradition, la colline des Cordes, située à quatre kilomètres au nord-ouest d'Arles, aurait été occupée pendant un certain temps par les Sarrasins, retranchés là contre les attaques des gens du pays. Il est facile de le voir, à l'aspect des lieux : cette position était imprenable. En effet, elle était bornée au nord, à l'est et à l'ouest, par des marais, et au midi par l'étang de la Pelu-

---

vue de Marseille, à partir du mois de septembre 1876, p. 449 et suiv. (22ᵉ année, nᵒ 9.)

(1) MISTRAL, dans *Mireio,* ch. XI, inspiré par ce beau panorama, dit en parlant d'Arles :

Roumo de noù t'avie vestido,
En peiro blanco ben bastido ;
De si grandis arèno avie mes a toun fron
Li cent-vint porto : aviés toun cièri,
Aviés, princesso de l'empèri
Per espassa ti refoulèri
Li poumpous aquedu, li tiatre e l'ipoudron.

que. Excepté du côté du midi, les escarpements de la colline la rendent presque inaccessible. Des remparts, dont on voit les restes, ayant trois mètres de hauteur sur deux mètres de profondeur, avaient été bâtis sur le pied de la colline, de l'est au midi, seul endroit par lequel on pouvait tenter l'attaque des Cordes. D'après M. Clair, les Arlésiens et non les Sarrasins auraient occupé cette colline à l'époque de l'invasion des Barbares et de leur séjour prolongé dans le pays.

La Grotte des Fées, qui a excité à un si haut degré la superstition populaire, se trouve sur le sommet de la montagne. Cette grotte, de formation naturelle et très remarquable, a servi de refuge aux Druides, fuyant les persécutions de la domination romaine ; on pourrait donc croire, comme le pense Gilles, qu'elle est celtique.

Je m'éloignai de la colline de Cordes et surtout des ruines de la fameuse abbaye de Montmajour, non sans éprouver ce sentiment qui nous porte à reconnaître la fragilité de notre existence. Ces restes imposants, pleins de souvenirs religieux, historiques et artistiques, nous prouvent l'instabilité des choses humaines. Cette idée, loin de nous en éloigner, nous donne, comme l'a écrit l'auteur du *Génie du Christianisme*, un secret attrait pour les ruines :

Rien n'est stable en ce monde ; autres temps autres mœurs
Et les souvenirs seuls survivent dans les cœurs.
Et ceux de Montmajour ne sauraient disparaître :
Dans nos fastes inscrits, ils pourront se transmettre.

LES BAUX

Perché sur un rocher dont l'aspect et les formes
Présentent au regard partout des blocs informes,
Un antique château réveille un souvenir
Qui, venu jusqu'à nous, vivra dans l'avenir.
C'est le château des Baux, célèbre dans l'histoire,
Dont le passé fut plein de grandeur et de gloire
Et dont l'antiquité, qui se perd dans les temps,
Rappelle aux Provençaux des gestes importants.
Qui fut son fondateur? Constamment on l'ignore (1).

Je foule ses débris que l'on admire encore,
Où l'architecte accourt satisfaire son goût
Pour la beauté de l'art qu'il recherche partout,
Où l'artiste, à son tour, sur le sol des Alpines,
Peut venir s'inspirer en parcourant ses ruines.

Mais l'écho seul, ici, vient répondre à ma voix :
Un cadavre de ville est tout ce que je vois.
Hélas ! tout est aride ; il n'est pas un brin d'herbe
Où s'élevait jadis la demeure superbe
D'un seigneur redoutable et craint de ses vassaux.
C'est là que le bouillant Raymond, baron des Baux,
Cupide, ambitieux, aveugle en sa colère,

---

(1) L'histoire suppose que c'est un prince visigoth ; mais elle ne donne pas
son nom.

Méditait ses projets de vengeance et de guerre (1).

Les hauts barons des Baux aimaient à s'aguerrir,
Et, fiers de leur bravoure, ils surent conquérir.
Mais, en ce monde hélas ! bien frêle est l'existence
Et la maison des Baux vit crouler sa puissance.
Son histoire est un livre où les évènements
Pour notre humanité sont pleins d'enseignements.

Saluons, voyageurs, ce versant de colline
Que parfume le thym, où fleurit l'aubépine.
Les bardes pourraient seuls, de leur joyeuse voix,
Réveiller parmi nous les échos de ces bois,
Où jadis s'inspiraient le barde, le poète,
Tous muets aujourd'hui dans la sombre retraite;
Le trouvère n'est plus, morts sont les troubadours
Qui venaient en ces lieux célébrer leurs amours.
Tout est détruit ici ! La tour seigneuriale
Qui devint le berceau d'une race royale
Et qui va s'écroulant, ne présente à nos yeux
Qu'un mélange confus de décombres nombreux.
Honneur aux chevaliers de cette grande époque,
Dont le vil brocanteur recherche la défroque,
Champions valeureux qui dans chaque tournoi
Luttaient courtoisement en présence du roi,
Ou qui, bardés de fer, le jour de la bataille
Poursuivaient l'étranger et d'estoc et de taille
Et, comme si la mort ne les terrassait point,
Etaient ensevelis debout, la dague au poing.

---

(1) Raymond des Baux, époux d'Etiennette, fille de Gilbert, comte de Provence, dont la seconde fille, Douce ou Doulce, s'unit en mariage à Raymond Béranger, comte de Barcelonne. Sous prétexte que le partage de la succession de son beau-père avait été fait au préjudice de sa femme et en faveur de Douce, Raymond des Baux suscita cette sanglante et persistante guerre des Baux, qui fut sa perte.

Le voyageur maître de son temps, ne saurait, après avoir visité la ville d'Arles, se dispenser de faire une excursion dans l'ancienne ville des Baux, située seulement à douze kilomètres d'Arles, dans le canton de Saint-Remy. C'est le point le plus important de notre passé méridional, et, sur le point culminant, où le château se trouve perché comme un nid d'aigle, on ne saurait se lasser d'admirer la splendeur de l'horizon.

L'origine du nom des Baux est dans le mot *Bau,* du vieux langage ligurien, qui signifie *lieux élevés, rochers escarpés.*

A propos de la maison des Baux, on trouve écrit dans les anciennes chartes, dit Augustin Fabre (1), les mots : *de Bauchio, de Balchio* et *de Baltio.*

Enfin, d'après Jorandes et Procope, le prince visigoth qui a bâti le château des Baux, appartenait à la famille royale des *Balthes,* qui s'établirent dans la contrée vers le ve ou vi[e] siècle.

Le château où le seigneur visigoth établit sa résidence était situé sur la pente méridionale des Alpines, dans la partie du territoire qui lui fut accordée pour sa part de conquête ; il s'étendait du côté du midi, sur les bords des rochers à pic. Lors de la prise d'Arles par Uric, les habitants des campagnes s'étant réfugiés en cet endroit se mirent à l'abri sur le rocher des Baux. Telle est l'origine d'une ville dont on ne foule plus que les ruines et qui, par le grandiose du site, par sa

----

(1) *Histoire de Provence,* t. 2, p. 29.

haute antiquité, par le rôle qu'elle a joué dans
cette partie de la Provence, attire encore la curiosité des voyageurs et celle non moins grande
des archéologues.

Sur ce point désormais l'aigle seul pourrait vivre.
J'y respire l'air pur dont mon âme s'enivre.
Les quelques habitants de ces bien tristes lieux,
Aujourd'hui sol aride offert à l'infortune,
Ne sauraient se douter qu'autrefois la fortune,
La gloire des barons qui furent leurs aïeux,
Eurent leurs jours d'éclat mêlés aux chants joyeux.

***

C'est donc au sommet de ce versant rocailleux
des Alpines que je me trouve, et en voyant à
mes pieds ce pauvre village, je ne puis m'empêcher de méditer sur le néant des choses humaines. Je songe à la fameuse maison des Baux,
dont fut ici le berceau, et qui, durant plusieurs siècles, joua un rôle si considérable parmi les seigneuries de la Provence. Elle domina de sa puissance et de son éclat toutes les familles seigneuriales, elle les effaça par ses richesses, par son
ancienne illustration et par ses hautes alliances.
Notre éminent poète provençal Mistral a chanté
avec enthousiasme la vaillance des chefs de cette
maison illustre, qui a vu sous ses bannières étoi-
lées la plus grande partie des seigneurs et barons
provençaux :

« E li Baussen levèron guerro
« I Barciloun, en tant bello erro,
« Que la noublesso de la terro
« Partiguè si penoun entre li dous oustau (1). »

Le château des Baux était une position inexpugnable. Toutefois il fut surpris dans la nuit du
5 février 1355 par Robert de Duras, de la maison
royale de Naples, et ses murs furent complètement démolis.

Vers le milieu du XVIIᵉ siècle le château des
Baux servait de refuge aux maraudeurs et aux
mécontents de tous les partis. Les habitants des
villages environnants ne cessaient de se plaindre
des déprédations et des ravages dont ils étaient
les victimes. Pour faire droit à ces réclamations
réitérées, Louis XIII ordonna, en 1650, sa démolition.

Comme il était au pouvoir d'un parti de rebel-
les venus d'Aix, Guise envoya le sieur de Sey-
court avec les troupes dont ce dernier pouvait
disposer. Les mécontents ayant été forcés de se
rendre à discrétion, la ville antique des Baux fut
démantelée.

Il fallut, pour briser ces masses compactes, en
grande partie taillées dans le roc, employer le
salpêtre. La roche où s'élevait le château seigneu-
rial s'écroula, entraînant tout avec elle, et l'on
voit encore la route couverte d'un indescriptible

(1) *Calendaù*, chant 1ᵉʳ.

amas de ruines. Celles de la ville offrent des blocs énormes. On ne saurait contempler ce désordre affreux sans évoquer les splendeurs du passé,dont les seuls témoins encore debout sont les murs séculaires du vieux donjon.

Le château des Baux, assiégé trois fois et rasé deux fois, avait eu une existence de mille cinq cents ans.

Quant à l'antique ville des Baux, nous trouvons dans Canonge (*p. 69*) un travail de statistique qui établit sa population durant plusieurs siècles. Ainsi elle était, au XIIIᵉ siècle, de 5,600 habitants; au XIVᵉ siècle, de 5,000; au XVᵉ siècle, de 1,800; au XVIᵉ siècle, de 1,200; au XVIIᵉ siècle, de 1,000.

Au commencement du XIXᵉ siècle, le recensement de l'an 1806 indique une population de 440 habitants. Elle était, en 1846, de 482 habitants, que le recensement de 1886 porte à 357.

On aperçoit encore, de divers points, les restes de l'antique manoir des Baux. Sur le versant oriental de la ville, on trouve, parmi les décombres des remparts mêlés aux roches précipitées du sommet, un monument votif aux proportions colossales et paraissant de construction romaine. Il représente trois personnages : un homme revêtu de la toge et deux femmes parfaitement drapées dans les plis de la *palla*. Une inscription dont les caractères sont à peu près effacés et qui n'a pu être déchiffrée par les savants, donnait sans doute l'explication du bas-relief. Bien que cette question ait été des plus controversées, le peuple croit voir dans ces trois personnages les trois

Marie, saintes femmes que les vagues soulevées
par le vent de l'est auraient déposées sur les rives
de la Camargue. Une chapelle a été construite
près de ce monument surmonté d'une croix de
fer.

Le pays des Baux a été celui des légendes.
Les seigneurs n'y accordaient pas toujours pro-
tection aux troubadours, et l'on connaît la triste fin
du poète Guillaume de Cabestaing, amant de la
châtelaine des Baux. Le seigneur l'ayant un jour
rencontré en allant à la chasse, il le tua et lui
arracha le cœur qu'il fit cuire et servir à sa femme.
Celle-ci ayant appris la vérité, se précipita d'une
des fenêtres du château et roula de rochers en
rochers jusqu'au fond de l'abîme.

A part les divers incidents de cette nature in-
diquant les mœurs barbares de l'époque, les
tournois, les cours d'amour, les chevauchées,
étaient les amusements des seigneurs des Baux
pour se distraire des fatigues du gouvernement
des villes nombreuses, des seigneuries et principautés qu'ils possédaient en Provence et en
Italie.

La grotte dite de l'*Enfer* (ce nom est on ne
peut mieux appliqué) mérite d'être visitée. Elle
présente une de ces bizarreries de la nature qui
font l'admiration des hommes. Le vallon ou val
d'Enfer est couvert d'une végétation offrant une
grande variété de fleurs et d'arbustes. On arrive
à la grotte par un sentier en zig-zag serpentant
entre des rochers resserrés, aux formes parfois
étranges.

Dans le fond de la grotte, sur les voûtes obscures, sont entassés les uns sur les autres des blocs énormes, qui font songer à un véritable travail de géants. Et plus avant, dans les profondeurs ténébreuses, on doit se défendre vivement du contact des chauve-souris, seuls habitants de ce lieu lugubre, dont le vol se croise à l'infini et qui viennent nous frôler au visage, comme si elles voulaient protester contre notre marche en avant. Notre surprise augmente encore en présence d'immenses rochers placés là dans un désordre effrayant, se heurtant dans tous les sens, s'élevant dans le vide et y formant de gigantesques entassements.

La grotte des Fées est une caverne magique où le visiteur est exposé à ne plus retrouver son chemin de sortie s'il ne se fait accompagner par un guide.

D'après une opinion, qui a eu ses contradicteurs, Dante, le grand poète italien, aurait séjourné dans la ville des Baux. Il aurait pris là quelques-unes des descriptions contenues dans certains tableaux du *Purgatoire*, et dans lesquelles on se plaît à reconnaître une ressemblance assez grande avec les alentours de la cité des Baux.

* *

Mais reprenons notre récit, un instant interrompu, sur la maison des Baux.

A l'époque où elle était dans toute sa puissance, la Provence était morcelée en plusieurs souverainctés ou seigneuries indépendantes. Elle se divisait en deux parties. L'une, dite *occidentale*, généralement connue sous le nom de *Comté de Forcalquier* (1), occupait le pays au delà de la Durance, depuis le Rhône et l'Isère jusqu'aux Alpes. Elle comprenait Avignon, Carpentras, Pertuis, Apt, Manosque, Sisteron, Embrun et une portion du Dauphiné. Les possessions de la baronnie des Baux, à l'exception de quelques fiefs dans le comté de Forcalquier, étaient dans la partie dite *orientale*, laquelle comprenait Aix, Arles, Lambesc, Marseille et autres villes.

La maison des Baux a eu des vicomtes de Marseille et des princes d'Orange ; elle posséda également des comtés et des principautés en Italie. En résumé, la souveraineté des Baux s'étendait sur toutes les terres désignées vulgairement sous le nom de *terres baussenques*, au nombre de soixante et dix-neuf.

L'*écu* de la maison des Baux, portait d'un côté un cavalier debout, tenant un bouclier et s'avançant l'épée haute ; de l'autre, en champ de gueules, une comète à seize rayons d'argent.

Les barons des Baux avaient le droit de battre monnaie. Ce droit ayant été contesté à Raymond des Baux par les officiers de la reine Jeanne, cette dernière, sur les justes observations de ce prince, le lui confirma dans le mois de septembre 1370. Il fut aussi reconnu plus tard par René, et il de-

---

(1) Le Comte de la haute Provence y avait sa résidence.

meura en vigueur jusqu'en 1700, époque de la réunion de la principauté d'Orange à la couronne de France.

.*.
* .

Pour les lecteurs satisfaits d'un aperçu général sur les Baux, je termine ici ma narration. Ceux à qui ne déplaisent point les recherches approfondies trouveront, dans les trois chapitres suivants, des renseignements historiques plus complets sur l'illustre famille des Baux. Ils y verront comment le titre de *prince d'Orange*, porté par quelques-uns de ses membres, se trouve aujourd'hui en la possession de la maison royale de Hollande.

BAUX - ORANGE

Après la construction du château des Baux par le seigneur visigoth de la famille des Balthes, il se passe un long temps d'incertitude sur la seigneurie des Baux. C'est vers l'année 981 seulement qu'il en est fait mention, par l'archiviste don Chantelou, dans une charte de l'abbaye de Montmajour près d'Arles. D'après ce document, Pons, seigneur des Baux, aïeul de Guillaume Ier, vicomte de Marseille, est indiqué avec sa femme Profeta pour être la tige de la maison des Baux (1).

En 993, les gouverneurs de la Provence ayant profité de l'apathie de Raoul, roi d'Arles, les seigneurs de la contrée imitèrent cet exemple. Ceux des Baux furent les premiers à se déclarer indépendants. Néanmoins le nom de leur château ne devint le nom même de leur famille que dans le courant de l'an 1000. Les autres familles seigneuriales de la contrée prirent aussi leur surnom à partir du xe siècle.

---

(1) *Notice hist. sur la ville des Baux en Provence et sur la maison des Baux,* précédée d'une dissertation, par Jules CANONGE, Paris, 1844, in-8o xvi, 169 pages. Bibliothèque Méjanes d'Aix, n° 34878. (Recueils, mélanges, Provence tom. 1, pièce 14.)

La famille des Baux était déjà florissante vers le milieu du xᵉ siècle. En 1009, Gilbert, comte de Provence, dernier souverain de la maison de Boson, mourut en laissant deux filles : Etiennette et Douce ou Dulcie.

Cette dernière épousa Raymond - Béranger, comte de Barcelone, quatrième du nom en Espagne et premier du nom comme comte de Provence, politique habile, guerrier plein d'expérience, dont les descendants ont régné en Provence jusqu'à Charles d'Anjou.

Etiennette devint l'épouse de Raymond des Baux, à qui elle apporta en dot de nombreuses terres, connues encore de nos jours sous le nom de *terres baussenques.* De ce mariage naquit Bertrand, auquel l'empereur d'Allemagne, Frédéric Iᵉʳ, accorda le titre de *Prince d'Orange*; la principauté de ce nom et le titre restèrent dans la famille des Baux depuis 1162 jusqu'en 1393.

Vers 1135, une guerre sanglante éclata entre les maisons des Baux et le puissant comte de Barcelone. Ces divisions étaient inévitables dans une province partagée entre deux seigneurs que des intérêts de famille rendaient jaloux l'un de l'autre et dont la puissance était à peu près égale.

La guerre fut terrible et opiniâtre. Suscitée par Raymond des Baux contre le comte de Barcelone, elle dura quatorze ans. Mais Raymond des Baux, vaincu, malgré les secours envoyés par l'empereur Frédéric Iᵉʳ, fut forcé de se soumettre et de rendre hommage au comte de Provence.

Raymond des Baux ne put survivre à tant de

malheurs. Ses quatre fils, Hugues, Guillaume,
Bertrand et Gilbert, recommencèrent la guerre ;
mais ils furent réduits à se soumettre d'une manière définitive, par la perte de la place de Trinquetaille, considérée alors comme inexpugnable,
et dont le comte de Barcelone fit raser les fortifications.

Dans le siècle suivant, les seigneurs des Baux
accompagnèrent Simon de Montfort dans la croi-
sade contre les Albigeois et se distinguèrent dans
toutes les guerres entreprises, par Charles d'Anjou et ses successeurs, pour la possession du
royaume de Naples.

Sans entrer dans la chronologie monotone des
barons des Baux, nous signalerons toutefois quelques faits peu connus, qui donneront une idée des
mœurs de l'époque.

En 1218, Guillaume IV, un des plus illustres
parmi les troubadours de la Provence, fut pris
par les habitants du Comtat-Venaissin qui l'écor-
chèrent vif et le coupèrent en morceaux. Cette
barbarie nous prouve jusqu'à quel point les hommes peuvent s'oublier dans l'effervescence des
guerres civiles. Le pape Honoré III, indigné d'un
crime pareil, chercha partout des vengeurs et
n'en trouva que trop. L'histoire a enregistré les
horreurs commises par Simon de Montfort, sur
les malheureuses populations du midi.

En 1350, Raymond des Baux, grand amiral de
la reine Jeanne de Naples, s'empare par surprise
de la princesse Marie, sœur de Jeanne, et l'oblige
à épouser Robert, son fils. Il embarque sur son

escadre les deux époux, espérant les faire reconnaître souverains de Naples et de Provence, dans le cas où la reine Jeanne n'aurait pas d'enfant. A son arrivée à Nice, il y fut surpris et massacré avec son fils.

Le dernier prince de la maison des Baux fut Raymond IV. Il ne laissa qu'une fille, Marie, qui épousa, en 1388, Charles de Châlons, auquel elle apporta en dot la principauté d'Orange. Cette principauté avait été donnée en 793 par la concession qu'en fit Charlemagne à Guillaume *au cornet* ou *au court-nez*, pour le récompenser de ses services contre les Sarrasins dont la garnison à Orange fut massacrée. Cette ville et son territoire lui furent concédés pour en jouir, lui et ses successeurs, à perpétuité (1). Cette principauté, au XVe siècle, était au pouvoir des Monteil-d'Adhémar, dont un descendant, le comte de Grignan, épousa la fille unique de Madame de Sévigné.

---

(1) DE LA PISE, *Tableau de l'histoire d'Orange*, p. 49 et suiv. — BONAVENTURE, *Hist. nouvelle de la ville et principauté d'Orange*, 3me dissertation.

ORANGE - CHALONS

Je m'étendrai peu sur la famille de Châlons ou
Challon. Charles de Châlons épousa Marie des
Baux. Lui et ses descendants s'attachèrent à la
maison de Bourgogne. L'un d'eux, Guillaume VII,
fut fait prisonnier, en 1473, par Louis XI, qui, peu
endurant envers les grands vassaux de la couronne, commença par confisquer la principauté.

Mais elle fut rendue à son frère Jean II par
Louis XII, dont il avait partagé la mauvaise fortune, ayant été fait prisonnier avec lui à la bataille
de Saint-Aubin.

Le dernier de cette race, Philibert, joua un
grand rôle dans les guerres de François Ier et de
Charles-Quint. Il fut tué à Florence en 1529, à
l'âge de 29 ans. Par sa valeur et ses talents mili-
taires, il s'était fait un nom parmi les généraux les
plus distingués de l'époque. Il ne laissa pas de
postérité, et la principauté d'Orange passa à René,
fils de sa sœur.

ORANGE - NASSAU

La nationalité française disparaît ; un prince étranger porte le titre de *Prince d'Orange*.

René de Nassau, blessé à mort à la bataille de Saint-Didier, ne laissant pas d'enfants, fit un testament en faveur de Guillaume, son cousin germain, au préjudice des maisons françaises de Nesle et de Longueville, qui descendaient de la princesse Marie, dernière héritière de la maison des Baux, dont la principauté avait été léguée aux rois de France par Bernardin des Baux, commandeur de l'Ordre de Jérusalem, l'un des plus grands capitaines de terre et de mer, mort en 1524, à Marseille, où il fut enterré dans l'église des Prêcheurs. Une rue et un carrefour, dans les vieux quartiers de cette ville, portent encore le nom de *Baussenque*.

En 1661 la terre des Baux fut cédée par Louis XII, au prince de Monaco et érigée en marquisat. Cette maison princière la posséda jusqu'à la révolution de 1789, qui fut désastreuse pour la ville des Baux. Les Arlésiens l'envahirent, abattirent ses insignes, et ses archives furent transportées à Arles.

Les villages dépendant de la ville des Baux s'érigèrent en communes, et ce fut là l'anéantissement complet de l'antique seigneurie des Baux.

L'acharnement des Arlésiens contre elle alla jusqu'à détruire les bois, magnifiques retraites, jadis lieux de chasse pour les souverains, et rendus si célèbres par les amours des trouvères et des chatelaines (1).

LA PRINCIPAUTÉ D'ORANGE PASSE DANS LA MAISON ROYALE DE HOLLANDE

Guillaume, héritier de René de Nassau, fonda la République des Pays-Bas et fut tué d'un coup de pistolet en 1584. Son frère Jean lui succéda et devint la tige des rois de Hollande, parmi lesquels je dois citer le fameux Guillaume d'Orange, grand capitaine, rival de Louis XIV, et qui monta sur le trône d'Angleterre.

La principauté d'Orange fut définitivement réunie à la couronne de France par le traité d'Utrecht de 1713.

Quant au titre de *Prince d'Orange*, porté par les fils aînés des rois de Hollande, sera-t-il encore conservé? Il y a lieu d'en douter. Le souverain actuel, dont le règne dure depuis quarante ans, qui ont été pour le pays des années de prospérité,

_____

(1) Voir la note n° 6 à la fin de l'ouvrage.

de bonheur, de liberté, se trouve dans un âge avancé, et n'a pour toute postérité qu'une fille. Cependant le titre pourrait bien ne pas être perdu, et quand naguère, le duc de Nassau, appelé à la régence du Luxembourg, a proclamé bien haut la noble devise de sa famille : *Je maintiendrai*, nous nous demandions s'il ne ferait pas porter un jour à son fils aîné le titre de *Prince d'Orange*, que ses ancêtres ont rendu si célèbre (1).

Il est vrai que, le 3 mai suivant, le roi de Hollande reprenait le gouvernement du Grand - Duché.

---

(1) Voir à la note supplémentaire nº 7 au sujet de la devise de la maison Orange-Nassau, les paroles du duc de Nassau, lorsque, le 11 avril 1889, ce prince a prêté serment, en séance solennelle de la Chambre du Luxembourg, à la constitution et aux lois du pays.

ARLES MODERNE

ARLES MODERNE

TOPOGRAPHIE — CLIMAT — COMMERCE — INDUSTRIE
— DIVISION ADMINISTRATIVE — POPULATION.

Topographie

La ville d'Arles n'est plus, comme du temps des Romains, une cité de cent mille âmes, un centre commercial qui le disputait à celui de Marseille. De métropole des Gaules qu'elle fut jadis, *Roma gallula Arelas*, ce n'est plus, nous l'avons dit, que le modeste chef-lieu du troisième arrondissement des Bouches-du-Rhône, avec une population que le dernier recensement, effectué le 26 mai 1886, porte à 23,316 habitants (1).

Le chemin de fer de Paris-Lyon-Méditerranée y a établi une station de 1re classe, avec embranchement sur Lunel, et une gare maritime à Trinquetaille.

Arles (latitude nord 43, longitude de Paris 2) est à 86 kilomètres de Marseille par chemin de fer, à 72 kilomètres d'Aix et à 778 kilomètres de Paris.

---

(1) Voir plus loin le chapitre : *Population.*

On admire son port sur le Rhône, qui répond
à sa navigation fluviale et maritime par le canal
de Bouc, dont l'entrée est à 47 kilomètres d'Arles. L'altitude du port est de 2 mètres, tandis qu'on
en compte 32 sur le point culminant de la ville.

Arles est à 2 kilomètres de la bifurcation du
fleuve, dont les deux branches principales forment
la Camargue, surnommée le *Delta* du Rhône.
Occupant une superficie de 36 hectares, sous la
forme d'un triangle irrégulier, elle est construite
sur un banc de roches calcaires coquillières partant des bords du Rhône et s'élevant graduelle-
ment vers le sud-est.

Climat

Le climat du territoire d'Arles (1), qui laissait
autrefois beaucoup à désirer, a subi, depuis 1640,
de grandes améliorations à la suite du dessèchement des marais. A l'exception de quelques parties de la Camargue, on peut dire que le territoire d'Arles est sain, comme il l'était du temps
des Romains, époque à laquelle le séjour de la
ville de Constantin était préféré à celui de plusieurs autres villes romaines.

M. Darluc, médecin, décédé en 1783 (2), a écrit
les lignes suivantes : « Il est vrai que les marais
situés au levant de cette ville (Arles) seraient un

---

(1) V. Dulaure, *Description des principaux lieux de France*, I. p. 24.

(2) Auteur d'une *Histoire naturelle de Provence*, cité par J.-J. Estrangin, p. 269.

foyer de corruption si les vents d'ouest et du nord-ouest, qui soufflent fréquemment, n'écartaient au loin les exhalaisons et ne leur donnaient très peu d'influence sur les habitants ; aussi remarque-t-on qu'il y a parmi eux beaucoup de vieillards, et qu'en général la jeunesse de cette ville a un air de fraîcheur et de santé qu'on trouve rarement ailleurs. » Les Arlésiens sont généralement bruns, ils ont les muscles bien prononcés et sont peu sujets aux maladies chroniques.

Les marais dont il vient d'être question sont ceux de Bellegarde, de la Camargue, du Plan-du-Bourg et du Petit-Trébon, qui s'étendent sur une grande partie de la circonférence de la ville.

De forme allongée de l'est à l'ouest, et élevée sur une colline au levant, Arles se présente, au couchant, sur un terrain dont la plus grande partie est à peine au-dessus des hautes eaux du Rhône, qui, suivant une direction du levant au couchant, longe la ville dans toute la partie au nord. La partie haute de la ville est beaucoup plus saine que la partie basse. « Cette circonstance, a dit un médecin d'Arles, amène dans les épidémies une différence remarquable entre les divers quartiers : les deux choléras que nous avons essuyés ont beaucoup plus maltraité la partie basse. »

Les vents dominants sont le sud-est et le nord. Ce dernier est très froid en hiver. Le vent du sud, provenant d'une région chaude, relève le thermomètre. Il n'est pas rare en hiver, lorsqu'un de ces vents domine l'autre, de voir la température changer et varier, du matin au soir, de plus de dix degrés. Les nuits sont très humides depuis le mois de mars jusqu'en novembre, lorsque le vent ne souffle pas ; mais l'air est généralement sec pendant le jour.

Commerce — Industrie

Le commerce d'Arles consiste dans la vente de ses produits agricoles, blés, huiles d'olive, fruits et vins. Elle exporte aussi la laine de ses troupeaux et le sel. Elle possédait, dans le temps, des chapelleries, des filatures de soie, des fabriques de chandelles qui prospéraient. La confiserie a perdu également de son importance. Mais les saucissons d'Arles sont toujours renommés et font l'objet d'un grand commerce.

Une industrie des plus importantes à Arles, pendant quelques années, a été celle de l'entretien et du confectionnement du matériel de la ligne ferrée de Marseille à Paris. Ces travaux s'exécutaient dans les ateliers de la Compagnie du chemin de fer, possédant une forge dont les marteaux façonnaient des pièces de fer de toutes dimensions, des salles d'ajustage et de montage, où de puissantes grues soulevaient des masses de fer pesant jusqu'à 30,000 kilog; une chaudronnerie, un carrossage et un vagonnage. Ces ateliers et leurs dépendances, où plus de douze cents ouvriers étaient employés et qui occupaient une superficie d'environ onze hectares, ne sont plus aujourd'hui à Arles

On y trouve des chantiers de constructions pour les navires et les allèges qui font spécialement le trajet de Marseille et de la côte.

Le cabotage à Arles est très actif ; il alimente presque à lui seul la navigation et le commerce de son port. Les lieux de destination, par rang d'importance , sont : Marseille , Porquerolles , Toulon, Nice, Cannes, Saint-Louis, la Ciotat, Menton, la Seyne, Antibes, les Pasquiers, Saint-Tropez et quelques autres ports.

Il est à croire que la navigation par les navires de tout bord prendrait des développements plus considérables, si les embouchures du Rhône étaient améliorées, et si d'autres travaux non moins indis·pensables pour rendre le fleuve navigable jusqu'à Beaucaire, permettaient aux navires de fort tonnage de le remonter et de le redescendre en toute sûreté.

Voici les établissements publics de la ville d'Arles : Hôtel-Dieu, Bureau de Bienfaisance, Hospice de la Charité, Prison municipale, Dépôt de sûreté, Bureau des Postes et Télégraphes, Mont-de-Piété, Théâtre, Musée, Cabinet d'histoire naturelle, Bibliothèque publique, Collège communal, Caisse d'Epargne, Tribunal de commerce, Chambre consultative d'Agriculture.

Division Administrative

La création du département des Bouches-du-Rhône date de 1791. Il se composa d'abord de six districts dont les chefs-lieux furent : Aix, Arles, Marseille, Tarascon, Apt et Salon.

Cette division fut ensuite rectifiée par la Constitution organique de l'an VIII qui partagea les Bouches - du - Rhône en trois arrondissements, ayant pour chefs-lieux, comme aujourd'hui, Marseille, Aix et Arles.

Le siège de la préfecture établi d'abord à Aix, ancienne capitale de la Provence, fut quelque temps après transféré à Marseille dont la prospérité commerciale chaque jour croissante fit comprendre la nécessité d'y centraliser tous les services d'administration supérieure.

L'arrondissement d'Arles renferme huit cantons: Arles (Est et Ouest), Châteaurenard, Eyguières, Orgon, Saintes-Maries, Saint-Remy et Tarascon; et trente-deux communes occupant 229,390 hectares.

Le canton Est comprend la partie orientale d'Arles : la Crau, le Trébon et Fontvieille. Le canton Ouest : Trinquetaille, la Camargue et le Plan-du-Bourg. Le premier canton occupe une superficie de 10,901 hectares, et le second une superficie de 64,304 hectares.

Les trente-deux communes sont :

Arles, Fontvieille, Châteaurenard, Barbentane, Eyragues, Graveson, Noves, Rognonas, Eyguières, Alleins, Aureille, Lamanon, Mallemort, Vernègues, Orgon, Cabanes, Eygalières, Mollégès, Saint-Andiol, Sénas, Verquières, Saintes-Maries, Saint-Remy, les Baux, Maillane, Maussane, Mouriès, Paradou, Tarascon, Boulbon, Mézoargues, Mas-Blanc (1).

---

(1) On pourra lire avec tout l'intérêt qui s'y attache, les *Notes* historiques et statistiques sur les principaux chefs-lieux des cantons de l'arrondissement

Population

Disons d'abord que la population de l'arrondissement d'Arles, bien qu'étant, en 1886, supérieure de quelques milliers d'habitants à celle de 1806, ne saurait être considérée comme en progrès. Il suffit de savoir que la ville d'Arles elle-même, qui contenait 60,000 âmes au XIIIe siècle, a été, de cette époque au XVIIe siècle, réduite à ne plus en avoir que 28,000, chiffre qui est encore au-dessus du chiffre actuel de la population : 23,316 habitants, dont 12,370 agglomérés et 10,946 épars dans le territoire.

On peut se rendre compte des fluctuations subies par la population des communes de l'arrondissement d'Arles, en consultant le tableau suivant, qui fait connaître le mouvement de quarante en quarante ans.

Canton d'Arles (Est)

	1806	1846	1886
Arles (Est)	11.000	12.502	13.483
Fontvieille	1.910	2,402	2.797
Totaux . . .	12.910	14.904	16.802

Canton d'Arles (Ouest)

Arles [Ouest].	10.000	10.599	9,833

d'Arles, par J. MATHIEU, secrétaire de la Chambre de commerce de Marseille. — V. pour ces notes : *Annuaire administratif et statistique sur le département des Bouches-du-Rhône*, année 1874, 2e partie, p. 234-260.

Canton de Châteaurenard

Barbentane	2.279	3.054	2.875
Châteaurenard	3.140	5.107	5.934
Eyragues	2.150	2.319	2.084
Graveson	1.600	1.570	1.624
Noves	1.490	2.051	2,066
Rognonas	370	1.199	1.385
Totaux . .	11.029	15.300	15.968

Canton d'Eyguières

Alleins	1.054	1.288	1.023
Aureille.	517	668	596
Eyguières	3.215	2.992	2.678
Lamanon	283	438	415
Mallemort	1.757	2.356	2.116
Vernègues	494	524	344
Totaux . .	7.320	8.266	7.172

Canton d'Orgon

Cabannes	1.265	1.506	1.542
Eygalières	1.140	1.396	1.286
Mollégès	540	700	795
Orgon	2.401	2.932	2.741
Saint-Andiol	629	1.324	1.248
Sénas	1.200	1.873	1.857
Verquières	76	133	183
Totaux . .	7.251	9.864	9.652

Canton des Saintes-Maries

Saintes-Maries	1.129	669	1.433

Canton de Saint-Remy

Les Baux	440	482	357
Maillane	1.209	1.507	1.333
Maussanne	1.500	1,446	1.442
Mouriès.	1.600	1.890	1.963
Paradou.	560	672	652
Saint-Remy.	5.055	6.077	5.756
Toaux . .	10.364	12.074	11.503

Canton de Tarascon

Boulbon.	985	1.261	1.067
Mas-Blanc	90	121	139
Mezoargues	187	195	232
Tarascon	10.830	11.968	9.314
Totaux . . .	12.092	13.545	10.752

*
* *

La commune d'Arles est bornée au nord et au nord-est par les communes de Tarascon, Font-vieille, Maussanne, Mouriès, Aureille et Eyguiè-res ; au sud-est par les communes de Salon, Grans et Istres ; au sud par la mer Méditerranée et la commune des Saintes-Maries; à l'ouest par le Rhône et le département du Gard.

Le territoire d'Arles, d'une superficie de 103,050 hectares, se divise en quatre parties distinctes : le Trébon, 3,458 hectares ; le Plan-du-Bourg, 15.211 hectares ; la Crau, 33,142 hectares ; la Camargue, 51,239 hectares.

Dans le vaste territoire d'Arles on trouve un nombre considérable de fermes désignées sous le nom de *mas*, mot celtique qui veut dire *habitation*, et dans lesquelles on entretient de nombreux troupeaux de bêtes à laine, de bœufs et de chevaux.

Quelques mots sont indispensables sur les quatre grandes divisions du territoire d'Arles.

Le Trébon

Il est borné par le Rhône, le territoire de Ta-rascon, le Vigueirat, le canal des vidanges et les Aliscamps d'Arles.

Le terrain du Trébon, produit par les dépôts limoneux du Rhône, est d'une très grande fertilité. Toutefois les parties basses sont parfois submergées par les eaux des fortes pluies. C'est dans la partie du Trébon, dite le *Vigueirat,* que se trouve la magnifique propriété de M. de Rougemont, devenue, par ses soins et sa connaissance approfondie de l'agriculture, un des plus beaux domaines de ce quartier.

C'est dans le Trébon que se trouvent la colline célèbre de Montmajour et celle de Cordes.

Jadis, alors que la plaine du Trébon était recouverte de marais, on la traversait en bateaux pour se rendre à ces collines. Ajoutons que cette plaine, pendant les beaux jours du printemps et de l'été, est le rendez-vous des amateurs d'histoire naturelle, de botanique et de fossiles.

Plan-du-Bourg

Le Plan-du-Bourg s'étend depuis la ville jusqu'à la mer, entre le Rhône et la Camargue. Formé d'alluvions du Rhône, son sol, fortement imprégné de sel, n'est pas des plus fertiles. On y élève de nombreux troupeaux de bœufs et de chevaux paissant en toute liberté.

C'est dans le Plan-du-Bourg que se trouve la tour Saint-Louis, inaugurée le 15 septembre 1740, et ainsi appelée du nom du roi de France, Louis-le-Bien-Aimé, qui régnait encore.

La tour fut, à l'origine, entourée d'une enceinte bastionnée dont il ne reste plus de traces. Elle avait un fanal à feu fixe pour éclairer les passes de l'embouchure du Rhône ; elle était armée de quelques canons servis par une compagnie de vétérans canonniers.

Pendant nos guerres contre les Anglais, sous la révolution et le premier empire, la tour Saint-Louis sut, par la portée de ses canons, écarter les croiseurs anglais qui poursuivaient nos bateaux de pêche et autres de la marine marchande.

Elle se trouve actuellement à plus de quatre kilomètres de la mer, et cela par suite des atterrissements formés par les alluvions du Rhône. Les dépôts limoneux formés autour des embouchures du fleuve, ont fait disparaître, par leur travail incessant, les assises inférieures de la tour, qui était « d'un beau style et d'une grande pureté de formes et d'aspect. » A la suite de ces changements, la tour n'offre plus aujourd'hui qu'une construction lourde et écrasée.

La tour Saint-Louis, où une brigade de gendarmerie s'était établie au commencement des travaux du canal du même nom, a été le noyau des constructions qui portent de nos jours le nom de Saint-Louis-du-Rhône (1).

La Crau

La Crau est cette vaste plaine de cailloux roulés dont la formation serait, d'après les uns, l'ouvrage

---

(1) Voir sur la tour Saint-Louis, la note supplémentaire n° 8, à la fin du volume.

à la fois de la mer et du Rhône, et, d'après les autres, le résultat des inondations de la Durance et de la mer. Cette dernière hypothèse semble ne pouvoir être contestée, et l'historien Papon en donne les raisons suivantes : les cailloux de la Crau sont lisses et l'on peut affirmer qu'ils ont été roulés par les eaux d'une rivière ; ils sont cuivreux et ferrugineux, et leur ressemblance avec ceux de la Durance est un fait démontré par la présence des grès, des quartz, des serpentines et des variolithes dont les espèces semblables se trouvent tout le long de la Durance au-dessus et au-dessous de Sisteron. Cette rivière les « aura donc roulés durant plusieurs siècles dans cette vaste plaine où il est probable qu'elle entrait par le territoire de Lamanon, en passant par le même détroit, à peu près où se trouve le canal de Craponne. »

Strabon, qui écrivait dans le premier siècle de l'ère chrétienne, ne voit, dans cette vaste solitude de la Crau, que les débris de quelques grands rochers réduits en parcelles à diverses époques.

Quoi qu'il en soit, ce champ immense, qui avait frappé l'imagination des Phéniciens, offre un spectacle des plus extraordinaires et bien digne d'être admiré (1).

La Crau s'étend depuis le canal des vidanges, jusques dans les communes d'Eyguières, de Salon, d'Istres et de Fos. On rencontre des galets entremêlés de grès coquiller, des bancs d'huîtres, des

(1) Voir *Notice sur la plaine de la Crau,* par LAMANON, dont les papiers inédits à ce sujet ont été publiés avec un précis sur sa vie par M. DEPPING.

coquillages pétrifiés de diverses espèces et très bien conservés, dans les quartiers de la Crau avoisinant Salon, Grans, Istres, Fos et Martigues.

On suppose que la Crau a pris son nom du mot celtique *kraw* ou *crag*, qui signifie *pierre roulée, champ pierreux*. Enfin les mots *craou* et ensuite *crau*, apparaissent pour la première fois dans les chartes du xie siècle. Les Romains appelaient la Crau, *campus lapidus* (1).

Autrefois inculte et utilisée seulement pour la nourriture des bêtes à laine, la Crau est aujourd'hui en grande partie défrichée ; aussi a-t-elle perdu déjà beaucoup de cet aspect désolé qu'elle avait du temps de Strabon. On estime à plus de 20,000 hectares la surface restée inculte, mais les défrîchements continuent (2).

La Crau se subdivise en six parties : *Crau de Vergère, Crau de la Lieutenance, les Coustières, Saint-Martin de Crau, Crau-sur-Durance et Côte-Haute.*

A l'aller comme au retour, sur la ligne du P.-L.-M., on s'arrête quelques instants à la gare de Saint-Martin de Crau, dont le territoire se trouve entre la grande route de Salon et le canal de Craponne ; on est alors en pleine Crau. Le village est à 2 kilomètres de la station du chemin de fer, à 16 kilomètres d'Arles et à 70 kilomètres de Mar-

---

(1) La Crau est désignée encore ainsi dans le testament de saint Césaire, de l'an 542. V. BARONIUS, *Annal. adm.* 508, n° 23.

(2) Voir à la fin du volume la note n° 9, sur les différentes découvertes faites dans les terrains de la Crau.

seille. Il est situé au centre de la partie cultivée de la Crau, où l'on remarque de belles prairies artificielles couvertes de mûriers et de platanes. Dans un acte de l'an 1292, ce même village est désigné sous le nom de *Sancti-Martini Palude,* parce que, alors comme actuellement, il existait des marais en cet endroit.

Saint-Martin-de-Crau étant une des agglomérations les plus importantes de la Crau, possède une brigade de gendarmerie et un bureau de poste desservant diverses autres localités. On y compte 95 maisons, 100 ménages et 1,910 habitants. L'église est une construction remarquable dans le style roman ; elle a été bâtie par M. G. Véran, architecte d'un mérite reconnu. On y remarque deux tableaux très curieux sur bois, de l'école italo-provençale des xve et xvie siècles, école qui n'a jamais été sérieusement étudiée (1) et dont on retrouve, dit A. Saurel, de nombreux monuments dans le département.

Nous ne pouvons parler de la Crau, sans dire un mot de son hôte le mistral, ce vent impétueux et terrible, cet épouvantail de la contrée. Le mistral, qui souffle plus à Arles qu'à Marseille, mais moins à Arles que dans la vallée de la Durance, paraît avoir régné de tout temps dans la Provence

---

(1) *Guide de l'étranger dans la ville d'Arles,* p. 115.

méridionale. Les Gaulois et après eux les Romains lui avaient donné un nom. Plus tard on le mit au nombre des fléaux de la contrée, et l'on disait encore, au siècle dernier, que le mistral avec le Parlement et la Durance étaient les trois fléaux de la Provence.

J'ai lu quelque part les lignes suivantes : « Sans nous préoccuper de ce qui est mort, nous n'avons plus à redouter que le mistral » (1). On pourrait s'être trompé, car, en dépit des travaux d'endiguement exécutés pour maintenir la Durance dans son lit, elle déborde assez souvent et donne lieu à des inondations qui, comme celles de 1887 et 1888, sont désastreuses pour les habitants riverains.

Par contre nous pouvons dire, sans crainte d'être désavoué, que le mistral, loin d'être un fléau, est au contraire un vent bienfaisant et salutaire, dispersant parfois les orages, chassant les miasmes, desséchant promptement les terrains inondés par les pluies, et faisant disparaître en un clin d'œil les amas de boue, ce qui lui a fait donner son surnom de : *manjo fango,* le mangeur de boue.

J'ai vu de mes propres yeux, à Pertuis et à Mallemort, les résultats navrants des inondations. J'ai aussi bien des fois éprouvé les fureurs du mistral dans la vallée de la Durance, à Arles, dans la Crau et ailleurs. Le lecteur voudra bien me permettre de résumer en un sonnet, mes

---

(1) *Mélanges sur la Provence..* V. à la bibliothèque Méjanes d'Aix.

impressions sur la redoutable Durance et le bienfaisant mistral.

LA DURANCE ET LE MISTRAL

Quel fleuve redoutable est parfois la Durance,
Et comme elle est terrible en ses emportements !
Rien ne peut l'arrêter dans ses débordements
Apportant la terreur, la misère en Provence.

Sur ses bords ravagés le malheur est immense.
Les eaux ont renversé tous les endiguements,
Et l'on ne trouve plus que rocs, ensablements,
Sur le sol où naguère a régné l'abondance.

Mais soudain le mistral apparaît en ces lieux :
L'orage fuit devant ce monstre furieux
Qui de son souffle ardent contre lui se déchaîne.

La tempête n'est plus.... Un radieux soleil
Mêle à l'azur des cieux ses éclats de vermeil....
Et les travaux des champs ont repris dans la plaine.

La Camargue

La Camargue, surnommée le *Delta du Rhône*,
a été formée par les alluvions de ce fleuve, depuis
un temps immémorial. Elle tend à s'agrandir chaque jour par le travail incessant de ces alluvions
composés du limon et des sables de l'Isère, de la
Durance, du Gardon, de l'Ardèche et de tous les
autres affluents du Rhône qui les charrie jusqu'aux
plages de la Camargue, où ils forment des atterrissements, des ilots qui finissent par s'incorporer
au delta.

Le Rhône, dont le cours est très rapide de Lyon à Arles, entraîne à ses embouchures des sables et de la vase qui, arrêtés là par la mer et s'amoncelant, forment sur ce point de larges bancs, parfois mobiles et gênants pour la navigation. C'est pour parer à ces difficultés et pour rendre la communication avec la mer plus facile que le canal de grande navigation d'Arles à Bouc a été établi. Les *Fosses mariennes* qu'avait fait creuser Marius avaient le même but (1).

La Camargue est donc une île formée par le Rhône et qui s'est agrandie à la suite des temps. Elle existait avant l'arrivée des Romains dans nos contrées, époque à laquelle elle devait avoir à peine la moitié de sa superficie actuelle, et où les terrains cultivables devaient aussi avoir moins de solidité et d'étendue que de nos jours.

Pline l'Ancien nous apprend (*Lib. II, chap. 5*), que la Camargue était habitée par un peuple indigène nommé *Anatilii*. Les villes y étaient rares : *Opida cætera rara*. Il désigne cette partie du littoral maritime comme étant entrecoupée d'étangs: *Præjacentibus stagnis*.

Strabon, à son tour, parle évidemment de la Camargue lorsqu'il indique (*Liv. IV, p. VI. édit. de Corey, 1818*) un temple de Diane l'éphésienne que les Marseillais avaient construit non loin de la mer, sur un point auquel les embouchures du Rhône donnaient la configuration d'une île. Ce

---

(1) PLUTARQUE, *Vie de Marius*, édit. grecque de CORÉY, t. 3, p. 59.

temple, disparu avec le culte de l'idolâtrie, se trouvait, suppose-t-on, sur un terrain entre le Château-d'Avignon et le mas des Brun, actuellement à 12 kilomètres d'Arles.

Certains étymologistes pensent que le nom de *Camargue* lui fut donné par suite du séjour de Marius (*Caii Marii agrum*) qui avait établi son camp sur la rive droite du Rhône pour empêcher les Cimbres et les Teutons de le traverser.

M. J.-J. Estrangin (1) serait porté à croire que la dénomination de Camargue vient des mots grecs *kamax* (*palus*) et *agros* (*ager*), marécages et champs.

M. le marquis de Jessé-Charleval, dans une étude fort remarquable sur la Camargue, récemment publiée, propose, à son tour, de faire venir cette appellation de la fertilité même de la contrée, parce que du temps des Romains, en parlant de la Camargue on disait à Arles : *campi morgæ* (champs limoneux du delta du Rhône) (2).

Quoi qu'il en soit de ces diverses étymologies, la dénomination de *Camargue*, d'ailleurs très ancienne, paraît tirer son origine des deux mots grecs déjà cités, *kamax* et *agros*, et cela par suite de l'établissement sur les rives du Rhône des colonies grecques venues de l'Asie Mineure, ainsi que des colons Rhodiens, bien antérieurement à l'invasion romaine. Et l'on serait porté à

---

(1) *Etudes archéol. et histor. sur Arles*, p. 316.

(2) *Introduction d'une étude sur la Camargue*, publiée dans la *Revue de Marseille*, mois d'avril 1888.

croire que les mots *campi morgæ* sont une traduction latine de la dénomination grecque susdésignée.

Nous venons de prononcer le mot de *Rhodiens*, et le nom du Rhône, *Rhodnos* en grec. Le mot latin *Rhodanus* est de forme incontestablement grecque, et voici ce que dit Pline à ce sujet : « En cet endroit fut *Rhoda*, colonie des Rhodiens qui donna son nom au Rhône (1) ». Les habitants de la célèbre île de Rhodes s'établirent donc à l'une des embouchures du Rhône où ils bâtirent la ville de *Rhoda* ou *Rhode*, désignée par Etienne de Byzance sous le nom de *Rhodanusia* (2). Cette antique cité subsiste encore de nos jours dans celle de Peccais, sur la rive droite du Rhône et non loin d'Aigues-Mortes (3).

Bien des siècles doivent sans doute s'être écoulés avant que les Rhodiens, après avoir donné leur nom à la nouvelle ville, soient parvenus à l'imposer au fleuve sur les bords duquel ils habitaient.

*
* *

La Camargue est une vaste contrée de 75,000 hectares, de forme triangulaire, entre les deux branches du Rhône, et dont le troisième côté est limité par la mer. Pour être plus explicite, nous

---

(1) *Historia naturalis*, lib. 3, cap. 4.

(2) Briet, *Gallia antiqua*. V. M. Ménard dans les *Mémoires de l'Acad. des Inscriptions*, t. 27, p. 129.

(3) *Antiquités du département de Vaucluse*, par de Fortia d'Urban, p. 24.

dirons que c'est à peu de distance de la ville d'Arles, que les deux branches du Rhône forment le delta du fleuve (île de la Camargue). La branche sud porte le nom de *grand Rhône*, la branche ouest forme le *petit Rhône*. Le grand Rhône passe à Arles, à la Cappe, au Sambuc, à Chamone et à la Tour Saint-Louis, et débouche à la mer au-dessous et non loin de Cabannes. Le petit Rhône, allant de Fouques au port de Saint-Gilles, à Albaron, à Château-d'Avignon, à Silvérial et à Peccais, arrive à la mer à l'endroit nommé l'*Espinette*, où était jadis un poste d'observation.

Environ 53,000 hectares de la Camargue appartiennent à la commune d'Arles, et 23,000 aux Saintes-Maries, à la fois commune et canton.

Les terres cultivées de la Camargue occupent 15,000 hectares en pleine prospérité agricole ; le restant, soit environ 60,000 hectares, est frappé de stérilité par suite de l'excès de sel que contient le sol. C'est le grand fléau de la Camargue où la terre en est imprégnée. Dans les parties incultes, des efflorescences blanchâtres brillent au soleil comme des cristaux pulvérisés ; elles ne se rencontrent plus là où la silice entre en grande quantité dans la composition du sol.

« Le sol de la Camargue, dit, Jacquemin, est formé d'une terre limoneuse dans la composition de laquelle il entre de la silice, de l'alumine, du fer hydroxidé et de grandes proportions d'humus. Dans les endroits, ajoute-t-il, les plus rapprochés de la mer, on trouve les efflorescences salines formées de muriate, de sulfate de soude et d'une faible quantité de chaux muriatée.»

On rencontre dans la Camargue des taureaux noirs très farouches, des chevaux blancs, sauvages et fiers, tous paissant en liberté. Les chevaux indigènes ont gardé les formes et l'agilité du cheval arabe dont la race camargue tire son origine, et qui depuis des siècles se conserve sans altération (1).

Les terres cultivées situées en plus grand nombre au nord de l'île, offrent un aspect des plus agréables, surtout celles placées le long du grand et du petit Rhône. On y trouve des bouquets d'arbres dont quelques-uns prennent des proportions grandioses, des oliviers et des jardins. Dans ces lieux fertilisés par le limon du Rhône, les céréales récoltées sont d'une qualité supérieure.

La Camargue a été habitée depuis un temps immémorial, d'abord par les Celtes ou Gaulois plus ou moins mêlés, dans ces parties méridionales de la Provence, aux Ligures et aux Ibériens. Plus tard arrivèrent les Phéniciens, qui étaient navigateurs et marchands, tandis que les Grecs de l'Asie-Mineure, venus après eux, étaient commerçants et cultivateurs.

Des médailles et des débris de poterie trouvés de temps à autre établissent que la Camargue fut habitée et cultivée anciennement par des peuples orientaux.

La Camargue eut beaucoup à souffrir des invasions des pirates, des Sarrasins qui assiégèrent à plusieurs reprises la ville d'Arles et s'en emparèrent.

---

(1) Voir sur les chevaux camargue la note n°9 à la fin du volume.

Le niveau des terres au-dessus de l'étiage de la mer est d'à peu près 2 mètres ; celui des pâturages, de 1 mètre 25 centimètres : celui des marais, de 0^{m}75 centimètres : celui des étangs, de 0^{m}25 centimètres.

A l'exception de la petite ville des Saintes-Maries ou Sainte-Marie-de-la-Mer (1), on ne rencontre aucun village dans la Camargue, dont la population est de 4,834 habitants, se décomposant de la manière suivante : 3,842 pour la commune d'Arles, et 992 pour celle des Saintes-Maries. En dehors de cette dernière commune, qui compte 675 habitants, les localités les plus peuplées se rencontrent dans la partie dépendant de la commune d'Arles, au sommet du delta. Ainsi le hameau d'Albaron présente une agglomération de 610 habitants, Villeneuve de 630, le Sambuc de 360. Dans cette partie de l'île, nommée la *grande Camargue*, se trouve le Château-d'Avignon et l'île du Plan-du-Bourg. Le reste des habitants se répartit dans les hameaux et dans les domaines (2) d'une étendue plus ou moins considérable appelé *mas*.

Indépendamment des chevaux et des bœufs, on trouve en Camargue des moutons dont la race est renommée par la finesse de leur laine, des chè-

---

(1) Cette commune est isolée sur la partie du littoral maritime. Elle fut fondée par une colonie de pêcheurs catalans, sans doute à l'époque où la maison de Barcelone donnait des souverains à la Provence. On sait qu'à Barcelone il y a une église et un faubourg portant le nom de *Sainte-Marie-de-la-Mer*.

(2) Quelques-uns de ces vastes domaines ont été morcelés et divisés depuis l'année 1793. Ils appartenaient, avant 1789, à l'ordre de Malte.

vres, des ânes et des chiens, tous de race particulière.

Des prises d'eau sur le Rhône et des canaux
ont été établis pour l'irrigation de la Camargue.
Les canaux versent leurs eaux superflues dans
l'étang de Valcarès, qui reçoit aussi les eaux
pluviales par d'autres canaux (1).

Le blé donne en Camargue un grain dont la
qualité est généralement reconnue des meilleures.

Disons, en terminant, que le climat de la Camargue est le même que celui d'Arles, puisque
les cultivateurs ne sont point sujets à d'autres
maladies que celles observées à Arles.

---

(1) La superficie de l'étang de Valcarès est de 6,000 hectares. C'est un
immense récipient, mais qui est bien nécessaire pour recevoir les eaux de la
Camargue, surtout quand la mer est haute. C'est un déversoir d'une incontestable utilité et que la nature prévoyante semble avoir formé là tout exprès.

DICTIONNAIRE EXPLICATIF

DES

ABRÉVIATIONS ÉPIGRAPHIQUES

EMPLOYÉES DANS LES INSCRIPTIONS ROMAINES

Avec l'explication latine en regard et Réflexions Préliminaires

EXTRAIT

Des Manuscrits inédits de L. BONNEMENT

VOLUME PORTANT AU DOS :

OBSERVATIONS HISTORIQUES

PUBLIÉ PAR

RÉVEILLÉ DE BEAUREGARD

Membre de plusieurs Sociétés Savantes

RÉFLEXIONS

AU SUJET

DES INSCRIPTIONS

———

« C'est aujourd'hui parmi nous une question intéressante et vivement agitée, s'il est plus à propos de faire en latin qu'en français les inscriptions
qui concernent nos monuments publics. Sans
doute qu'on a en vue dans cette discussion, la
partie surtout des étrangers qui viennent visiter la
capitale ou nos provinces ; car pour les nationaux
et les habitants de nos pays, quelle que soit la
nature des inscriptions de nos monuments, soit
par suite de leurs connaissances personnelles, soit
par l'explication ou par tradition même nationale,
ils ne peuvent, généralement parlant, les ignorer.
« Or, sans rien dire ici de l'usage immémorial
où l'on est de faire ces sortes d'inscriptions
en langue latine, et de tous les avantages qu'offre
cette langue, tant pour l'énergie et le laconisme
que pour l'harmonie et la beauté, 1º n'est-ce pas
rendre service en France à l'étranger, qui très
souvent ignore la nôtre, que de lui décrire ces
monuments en une langue qu'assez souvent il
connaît, ou dont il est probable au moins, vu

l'universalité très marquée de la langue latine, qu'il a, en homme honnête et bien né, reçu dans son éducation certains principes ? 2° quelque étendue et dominante que l'on suppose la langue française, le fût-elle même, à raison de sa beauté, autant que la langue latine, il n'est pas aisé de persuader que tous les peuples et toutes les nations policées de l'univers s'accordent à lui rendre hommage, au préjudice de la leur, et à vouloir unanimement l'adopter pour les inscriptions de leurs monuments.

« La délicatesse de chaque peuple par rapport à une langue étrangère et vivante, s'oppose trop à cette prétention et tous ont naturellement les droits de leur amour propre à conserver. Chacun d'eux d'après ce principe, et comme en parlant de langue nationale, on le fait assez entendre, composerait donc à l'imitation de la France ses inscriptions dans sa langue particulière. Mais alors le savant et l'étranger qui jusqu'ici, au moyen seul de la langue latine, devenue en quelque sorte le patrimoine de toutes les nations, trouvaient partout à s'instruire sur ce qui pouvait piquer leur curiosité, au sortir de chaque Etat, seraient de nouveau et perpétuellement arrêtés par une variété infinie de langues qu'il leur serait impossible de connaître. Le but par conséquent de faciliter aux étrangers l'explication des monuments ou des choses notables, serait manqué dans chaque nation. Les voyages deviendraient partant moins satisfaisants en général, comme beaucoup moins instructifs, et ce doux commerce qui résulte entre la plupart des peuples de cette ancienne langue universelle qui aujourd'hui, du moins à cet égard, les rapproche et les unit, serait encore un lien de plus, et bien précieux, perdu et pour ces peuples et pour la société.

« On objectera peut-être à ce qui est dit ci-dessus, que les femmes, qui font une partie nombreuse et très intéressante de cette société, ne peuvent guère, pour la pluspart, si les inscriptions sont en latin, en prendre connaissance. On peut, à cette objection opposer le même raisonnement : ou ces femmes sont nationales, ou elles sont étrangères. Si elles sont nationales, elles peuvent personnellement ou par explication ou par tradition du pays, être aisément instruites de ce qui a droit de les y intéresser. Si elles sont étrangères, la diversité des langues employées chez chaque peuple, pour décrire ses monuments, laisserait partout subsister pour elles le même embarras ; au lieu que, dans la supposition de la langue latine, presque universellement consacrée au genre des inscriptions, elles peuvent ou par elles-mêmes, ou par quelqu'un simplement au fait de leur langue et de la langue latine, trouver partout des enseignements sur ce qu'elles désirent savoir.

LITTERÆ SINGULARES

ITEMQUE NOTÆ COLLIGATÆ

SIGNA ET VOCES ABREVIATÆ QUÆ REPERIUNTUR IN INSCRIPTIONIBUS

Cum interpretatione

A

A. A................	Augustales. Apud agrum. Auro. Argento.
A. D A.............	Ad dandos *vel* dividendos agros
A. A. S. L. M.......	Apud agrum sibi legavit monumentum. Apud agrum sibi locum monumenti.
A. L.............	Ala, Alumnus, Animo libens. Annis quinquaginta. Auli libertus.
A. A. V. S. E. V.....	Alter ambove, si eis videbitur.
A M. M..	A Minerva Medica.
A B M	Amico bene merenti.
A P. F	Argento publico feriendo ; *item*: Aram poni fecit ; *vel* Amico poni fecit.
A. C. P. X.........	A capite pedes decem. Ad caput pedes decem.

A. G. . . . . Amico grato.

A. R. . . . . A rationibus. A recta. A ripa.

A. H. D. M. . . . . Amico hoc dedit monumentum.

A. M. S. D. A . . . . A monumento suo, dolus abesto.

A. S. P. P. . . . . Argento, *vel* ære suo proprio posuit.

A. N. II S. N. . . . . Annos duos semis natus.

A R E. T. P III. S. A retro, *vel* ante retro pedes tres semis.

ARG. P. X. . . . . Argenti pondo decem.

A. N. P. M . . . . Annis plus minus.

A N. D. XVI. . . . . Anno defunctus decimo sexto.

A. O. F. C. . . . . Amico optimo faciendum curavit.

A. P. T. . . . . · . . . . Amico posuit titulum.

A. R. V. V. D. D. . . Aram votum volens (*vel si non sit punctum inter* VV.) : Votivam dono dedit, *vel* dedicavit.

B

B. B . . . . Bene, bene ; *id est* : optime.

B. A. . . . · . . . . Bixit *pro* vixit annis.

B. D. . . . . Bonæ deæ. *Si duplex sit* D : Bonis deabus.

BEN . . . . Beneficiarius.

BIBA. BIBV. . . . . . . Viva. Vivo.

B. F. . . . . Beneficium. Beneficiarius. *Si sic :* ꟼ. . . . ꟼ. *tunc vult :* Bona filia femina. Bonum factum.

B. M. B. S......... ...	Bene merentibus sacrum, *vel* Bonis Manibus.
B. M. B. S. C......	Bene merentibus sepulcrum condidit.
B. D. S. M. F.......	Bene de se merenti, *vel* merito fecit.
B. M. C. F.	Bene merenti cinerarium fecit, Bene merenti curavit faciendum.
BN. M...............	Bene merito. Bene maneat. Bonæ memoriæ.
B. M. ET. S. P. Q. S. E.	Bene merenti et suis posterisque suis erexit *vel* elegit.
B. M	Bene merenti.
B. M. F. CR........	Bene merenti faciendum curavit requietorium.
B. M. F. C. V........	Bene merenti fecit contra votum.
B. M. F.............	Bene merenti fecit.
B. M. H. E....... ..	Bonæ memoriæ hic est.
B. M. H. ETL.......	Bene merenti heredes et liberi, *vel* liberti.
B. M. H. I. C... ..·..	Bene merenti hoc ipse curavit.
B. M. P. I..	Bene merenti posuit infelix.
B. M. R. T.........	Bene merenti.
B. O. R. E. C. H...	Bonum requietorium ei curavit heres.

C

C	Centurio. Civitas, Civis. Colonia. Corpus. Conjux. Curavit. Comes
C. C. C	Calumniæ cavendæ causa.
C. C. D	Curatum consulto decurionum.
C. O	Corrector. Conjux.
C. C. FF	Clarissimæ feminæ.
C. B	Conjugi bonæ. Bene meritæ.
C. C. N. D. D. S. P. P.	Collegium centonariorum nomini devotum de sua pecunia posuit.
C. B. M. F	Conjugi bene merenti fecit.
C. C. S	Curaverunt communi sumptu.
C. C	Cum cultu.
C. D	Collegium decurionum. Comitialibus diebus.
C. D. E. R. N. E. E.	Cujus de ea re notio est estimabit.
C. C. V. V	Clarissimi viri.
C. E. C	Coloni ejusdem coloniæ.
C. F. M	Curavit fieri monumentum.
C F	Castissima *vel* clarissima fæmina.
C. H. P. S	Curavit hoc poni sibi *vel* sepulcrum.
C. I	Circiter.
C. I. P. A	Colonia Iulia paterna arelatensis.
CIN	Cineres.
C. I. O. N. B. M. F.	Civium Iulius omnium nomine bene merenti fecit.

CORP	Corpus. Corporati.
C. K. L. C. S. L. F. C.	Conjugi karissimo loco concesso. Sibi libentur fieri curavit.
C. L.	Con libertus. Con liberta.
C. P.	Clarissimus *vel* carissimus puer. Cinerarium posuit. Cui præest. Cum præterito.
C. M. F.	Conjux marito. Curavit monumentum fieri fecit. Clarissimæ memoriæ femina.
CON. LAC. F	Cum lacrymis fecit.
C. S. P. T. M	Conjugi suo posuit titulum merito.
CON. SOL. D·	Condendo solum dedit.
CONT	Contubernalis.
C. S. H.	Cum semi hora. Communi sumptu heredum. Consensu suorum heredum.
C. S. F	Communi sumptu fecit *vel* factum. Cum suis fecit. Curavit sibi faciendum.
C V. M. A. F. AN. X.	Cum marito fuit annos decem.
C. S P	Circa suum prædium. Conjugi suæ posuit. Curavit sibi poni.
C. V. M. P.	Contra votum memoriam posuit. Curavit vivens monumentum poni.
CVR. DE. S	Curavit de suo.
C. Q. D	Civitatis quinquennalis decuria.
CVR. LIB	Curante liberto.
C. V. T	Curavit usus titulo.

C. V. T. Q Q. V. P. X.   Curavit vivens tumulum quoquo versus pedes decem.

D

D	Deo. Decurio. Deposita. Dedicavit. Decretum. Dies. Dedit. Devotus.
DAT. ET. PP	Data et proposita.
D. B. M	Dedit bene merenti.
D. C	· Decurio coloniæ. Decurionum collegium.
D D. I. I. M	Dedicavit jussus jure merito.
D D. PP	Depositi, (*de duobus in eodem sepulcro jacentibus.*
D. D . . . . . . , ...	Dedicavit. Decreto decurionum. Dono dat *vel* dedit, *vel* dat, Donat, Decuriones dederunt.
D. D. D	Dono dederunt. Datum decreto decurionum, (*idem significat* D. *quater repetitum.*)
D. D. P. P	Decreto decurionum publico positum.
D. F. H. S. C	Det fisco sestertios centum,
D. E	Defunctus est.
D. E. M O N	De ejus monitu. De ejusdem monitu.
DEPS, ...	Depositus.
DES. IT. ET. TER . . .	Designatus iterum et tertio, *vel* tertium.
DEC. DEC . . . . ,	Decreto decurionum,

D. F.	Defunctus.
D. GR.	Dedit gratis.
D. H.	Dedit heres. Dicatur heredi.
D. M.	Deo magno. Diis magnis. Diis Manibus. Dedit merito.
D. H. M.	Dari hoc mandavit.
D. I. . . . . , ...	Dari jussit. Diis inferis.
D. L. M.	Deæ Isidi magnæ. Deo invicto Mithræ. Diis inferis maledictis. Diis inferis Manibus.
D. M. S.	Diis Manibus sacrum.
D. M.	Dulcissimo. Dedit monumentum. Dedit mærens. Deum matri. Dignus memoria. Divino monitu.
D. L. A. P.	Donum libens animo posuit.
D. L D.	Dono libens dedit.
D. L. D L.	Dono libens dedit locum.
D. P. P.	De propria pecunia. Deo præsenti, potenti, pollenti. Data proposita *vel* publicata. De pecunia publica.
D. L. M.	Datus locus monumenti. Dedit locum monumenti.
D. M. A.	Dotus malus abesto.
D. M. E. M. Æ.	Dis Manibus et memoriæ æternæ.
D. P. S. P.	De pecunia sua posuit.
D. M. F. V. C.	Doti mali fraudisve causa.
D. M. P.	Defuncta monumentum posuit. Dis Manibus posuit.

D. N. M. Q. E. PVB.	Devotus numini majestatique ejus publice.
D. R. S.	De reditibus suis.
D. P. S. T. L	De pecunia sua testamento legavit.
D. P. M. V	De pecunia mea votum. Dies plus minus quinque.
D. S.	De suo. Data subscripta. Deo sancto. Deo soli. Deo sacrum.
D. S. B. H. S. S. ...	De suis bonis hoc sibi suis.
D. S. B. M	De se bene merito. De se bene merenti.
D. S. D.	De suo dedit.
D. S. F. P. C	De suo factum ponendum curavit.
D. S. I.	Deo soli invicto. De sua impensa. De suo instituit.
D S. F.	De suo fecit.
D. S. M. I	De suo monumentum instituit.
D. S. P· D. D	De sua pecunia dono dedit *vel* dedicavit.
D. S. P.	De suo posuit. De sua pecunia. Dis sacrum posuit. Deo sol posuit.
D. S. P. P. F	De sua pecunia ponere fecit.
D. S. P. R. C	De sua pecunia restituendum curavit.
D. S. P. S. P	De sua pecunia sibi posuit.
D. S. P. F. C	De sua pecunia fieri curavit.
D. S. S. F. C	De suo sumptu, *vel* de suo sibi faciendum curavit.

D. S. V. S. L. L.M.	De suo votum solvit libentissime, *vel* libens lubens merito.
D. T.	Dumtaxat. Dedit titulum vel tumulum.
D. T.	Devotus.
D. T. S. P.	Dedit tumulum sumptu proprio. Die tertium sive perendinum.
D. V.	Devotus. Divus.
D. V. S.	Dis universis sacrum.

E	Ex. Ejus. Erexit. Est. Et.
E. C.	Erigi curavit. Ejus causa.
E G. S. B. M. F. ...	Erga se bene merito fecit.
E. H.	Ejus heres. Ex hereditate. Exter heres.
E. D. D. F.F.I.Q.P.	Ex decreto decurionum fieri fecit itemque probavit.
E. H. B. M. F. C. ..	Ejus heres bene merenti faciendum curavit.
E. H. O. L. N. R. ..	Ejus hoc omnibus lege nihil rogatur.
E. V.	Ex voto. Egregio vivo. Ex visu.
E. H. T. N. N. S. ...	Externum heredem. Titulus noster non sequitur.
E. I.	Ex imperio.
E. M.	Egregiæ memoriæ. Elegit monumentum *vel* erexit. Ex monitu.

E P.............. ...	E pretio. E publico.
E. TM............. ...	Ex testamento.
E. PVL. IND....... ...	Epulum indictum.
EQ. PV. EX.......	Equo publico exornatus.
E. S.	E suo. Et sibi. Et suis. Ex sententia.
E. T. F. I. S......	Ex testamento fieri jussit sibi.
EX. A. P..........	Ex argento publico.

F

F..................	Filius. Fecit. Faciendum. Familia. Femina. Filia. Frons.
FAB ....,	Faber.
FAC. F.............	Factum feliciter.
F. VI. D. S. E....	Filius sex dierum situs *vel* sepultus est.
FAC. C.............	Faciendum curavit.
FA. CV. LL. M....	Faciendum curavit libentissime merito.
F. B. M.............	Fecit *vel* filio bene merenti.
ꟻ..................	*pro* F, *vel* V. vixit filia.
F. C..............	Facere curavit. Fecit cinerarium. Fecit conditorium. Fieri curavit.
F. C. I. Q. P	Faciendum curavit idemque probavit.
FEC. IN. P. DEP...	Fecit in pace deposita.
F. R. S.............	Fratres. Fortis.
F. E. H...	Filius et heres.

F. E. S.............. ..	Fecit e suo, *vel* et sibi. Fecit et sacravit.
F. I. L. I. N. F....	Fieri jussit locum in fronte.
FL. D..........	Flamen dialis.
FOR. RED..	Fortunæ reduci.

G

G......	*Seu* V. nota quinarii. Genius. Gratis.
G. B. D. M. P....	Genio bono dicavit monumentum publice.
G. L. F.............	Genio loci factum.
G. M.......	Genio malo.
G. T...............	Genio tutelari.
G. G................	Gresserunt.
G. V. S.............	Genio urbis sacrum. Gratis votum solvit.

H

H.............. ..	Heres, heredes, hoc, hic, habet, hora, homo, honesta, honor.
H. A. C........... ..	Heres amico curavit.
H. B. M. F.........	Heredi bene merito fecit.
H. A. E. C.........	Hanc aram erigi curavit. Hanc ædem ei constituit.
H. A. G. F.........	Heres agens gratias, *vel* animo grato, fecit.

11 *

H. A. I. R.........	Honori accepto impendium, *seu* impensam, remisit.
H. F.........•...	Heres fecit. Honestæ feminæ, *vel* filiæ. Hoc faciendum.
H. A. L. R........	Hac autem lege rogavit. Hoc amico locavit requietorium.
H. C. I. R.........	Honore contentus impendium remisit.
H. M. F. S. P......	Heres monumentum fecit sua pecunia.
H. M. D. M. A...,...	Huic monumento dolus malus abesto.
H. E. P........	Heres ejus posuit. Hic est positus.
H. F. H. N. M. S. C.	Heredes fecerunt hoc nostrum monumentum sumptu communi.
H. L................	Hac lege.
H. L. S.............	Hoc loco sestertius.
H. M. E. H. N. S....	Hoc monumentum externum heredem non sequitur.
H. M. E. H. I. S...	Hoc monumentum ejus heres institutus sequitur.
H. M. E. H. N. R .	Hoc monumentum externum heredem non recipit.
H. M. H. E T. N. S.	Hoc monumentum heredes ex testamento non sequitur.
H. M. H. N. S. N. H. H	Hoc monumentum heres non sequitur nec heres heredum.
H. N. D. M. A	Heredi non datur monumenti actio.
H. O. V. FF. D. S. E. M. M. C. S....	Hic ollas quinque filiis de suo emit monumentumque merenti conjugi suæ; *vel* : Fieri fecit de suo ære monumentum merenti con-

jugi suæ ; *vel* : Mœrens monumentum conjugi suæ.

H . M . I . F . P . X . I .
A . P . X . . . .
Habet monumentum in fronte pedes
decem in agro pedes decem.

H . M . S . S . E . H . H .
N . S . . . .
Hoc monumentum sive sepulcrum
exteros heredes non sequitur.

H . M V . S . P . . . . . .
Hoc monumentum vivens sibi posuit.

H . S . E . . . .
Hic situs est.

H . O . S . . . .
Hoc ordinavit sepulcrum. Hic ossa
sita.

H - S . . . . *vel* **H S** . . . . .
Sextertius. Duo-semis.

H . S . E . C . C . H . .
Hic situs est curantibus heredibus.
Hoc sibi erexit cum cæteris he-
redibus.

H . S . E . H . T . F . C .
Hic situs est heres titulum fier
curavit.

I

I . . . .
Pro et.

I . A . P . . . .
In agro pedes.

I . A . S . F . . . .
Itus ambitus sine fraude.

IDQ . . . .
Idemque.

II . . . .
pro N. In jure. Iterum. Duo.

I . L . D . . . .
Ipsius libertus dedit. Ipse libens
dedit.

I . L . P . . . .
In loco publico. Ipse libens posuit.
Ipsi libertus posuit.

I . L . S . . . .
Jussit locum sepulturæ.

IN. H. D. D........	In honorem domus divinæ.
IM. S................	Impensa sua.
I. M. S.............	Jovi maximo sacrum. Inferis manibus sacrum.
I. M.	Jovi maximo. Jussit monumentum.
I. O. M. H. A.......	Jovi optimo maximo Herculi Augusto.
IN. F. IN. A. V. L. P. X................	In fronte in agro versus longum pedes decem.
IN. F. P. LAT......	In fronte pedes latum.
I. O. M. I. M	Jovi optimo maximo, Junoni Minervæ.
IN. F. P. V. IN. A. P. R. S..............	In fronte pedes quinque in agro pedes retro, *vel* recti, semis.
I. FR. P. RET. P..	In fronte pedes retro pedes.
IN. H. T. S. C. OR. H. S..............	In hoc titulo sunt comprehensa ornamenta hujus sepulcri.
I. O..............	In opus. Jovi optimo.
IN. L. P. X.........	In latum pedes decem.
IN. R. P. S. F.....	In re publica sua functus.
I. P...............	In pace. Jussit poni.
I. S. V. P...	In suo vivi posuerunt. Impensa sua vivus posuit.
IQ. P......	Idemque probavit.
I. S. L. M........ ..	Ipse solvit lubens merito.
I. T. C..	Intra tempus constitutum.
IT. P. VI........ ..	Intus pedes sex.
IT. P......	Inter pedes.
IXT. L..............	Juxta locum.

K

K.............	Kalendæ. Karissimus. *Item* K. *pro* C. Kalumnia. Kaput.
K. A.....,...........	Karissime ave.
K. N. B...............	Karissime nobis bale, *pro* vale.
KK................	Karissimus.
KR. M..............	Karæ memoriæ.
KS. A M. N.........	Karissimo amico nostro.

L

L ..,.............	Locus *seu* sepulcrum. Libertus. lubens, laribus, legavit, libens, locavit, latum, longum.
L. A. D...	Libens animo dedit. Locus alteri datus. Libens amico dedit.
L. B.............	Libertus bonus.
L. B................	Libertus libens.
L. C............... ..	Locus. Lege cavetur. Libens curavit. Locus concessus.
L. D. S. D...........	Libens de suo dedit.
L. B. M. D..........	Libens merito dicavit. Locum bene merenti dedit. Libertæ bene meritæ dedit.
L. D. D. D.........	Locus datus decreto decurionum. Libens dono dedit.
L. D. S. C.	Locus datus sententia collegii. Locum de suo constituit.

L. E. LI. M. C. S....	Lubens et libens merito cum suis.
L. EM.............	Locus emptus.
L. ET. L. F........	Libertis et libertabus fecit.
L. F.............	Libens, *vel* locum, *vel* lustrum, fecit.
L. D. D. PA	Locus datus decreto patrum.
L. D.............	Locus datus. Libens dedit. Libertus dedit. Locum dedit.
L. F. C.........	Libens fieri curavit. Libertus *vel* lugens fieri curavit.
L. F. F. H. O. M. M. D. S.	Libens fieri fecit omni meliori modo de suo.
L. F. V. F..........	Libens, *vel* lugens, filiis vivens fecit.
L. L............	Lætus lubens, *vel* lucii libertus libentissime.
L. H.............	Libertus heres. Locum hunc, Locus heredis.
L. H. L. D.........	Libens, *vel* libertus, hunc locum dedit. Lugens hunc locum dedit.
L. I.............	Locum instituit.
L. L. L.........	Duorum luciorum libertus.
L. LQ. PQ. E.......	Libertis libertabusque posterisque eorum.
L. L. V. S. L. M....	Libentissime voto suscepto libero munere.
L. M. V. F.........	Lubens, *vel* libens merito votum fecit, *vel* voto facto.
L. M. T. F. I......	Locum monumenti testamento fieri jussit.
L. M. V. C.	Locum monumenti vivens curavit.
L. M.............	Locus monumenti. Legavit memoriam, *vel* monumentum. Libens merito libero munere.

L. M. V. S............ Libens merito votum solvit. Locum monumenti vivens sibi.

L. O D. D. DQ....... Locum ollarum duarum dedit donavitque. Libertis omnibus dedit donavitque.

L. S. .... Locus sepulcri. Laribus sacrum. Libens solvit.

L. P. C. R.......... Libens ponendum curavit requietorium.

L. P. F. F........... Locum publice fieri fecit. Libertus patrono fieri fecit. Lugens pater filio fecit.

LEG................ Legionarius miles, *vel* legatorius heres.

L. S. S. C..... ..... Locum sepulturæ sibi constituit.

L. SC............... Locus sacer.

L. H. S. C. P. S..... Locum hujus sepulcri curavit, *vel* comparavit pecunia sua. Locum hunc sepulturæ, *vel* sibi, constituit proprio sumptu.

L. T. F. M .... Libertus, *vel* liberto, *vel* libens titulum, *vel* locum testamento fieri mandavit.

L. V. S............ Libens votum solvit. Locum vivo sibi.

M

M. .... Magister, mater, memoriæ, municipium, municipes, monumentum, manibus, menses, miles, mille, mulier.

MAG. QVIN. COL. FAB. LIG.	Magister quinquennalis collegii fabrum lignariorum.
M. A. G. S.	Memor animo grato solvit.
M. I. H.	Manes iratos habeat.
M. B.	Memoriæ bonæ. Merenti bene. Mulier bona.
M. AR.	Municipes arelatenses.
MAR. OL. D.	Marito ollam dedit.
M. E.	Magister equitum. Memoriam erexit. Monumentum erexit. Mortuus est.
M. B. M. F.	Marito *vel* matri bene merenti fecit.
M. P.	Municipii patronus. Millia passuum. Mille passus. Memoriam *vel* monumentum posuit.
M. C.	Memoriæ causa. Monumentum constituit, *vel* curavit.
M. D.	Manu divinæ. Merenti dedit. Monumentum dedicavit.
M. F. ET. R.	Memoriam fecit et restituit.
M. F. P.	Monumentum fieri procuravit, *vel* fecit publice.
M. T.	Mediterraneum. Monumentum testamento.
MG. MN.	Magister municipii.
M. H. AD. H. N. T.	Monumentum hoc ad heres non transit.
M. H. E. N. R.	Monumentum hoc externum non recepit.
MRT.	Merenti.
M. H. H. N. S.	Monumentum hoc heres non sequitur.

M. H. S. M........	Monumentum hoc sibi mandavit.
M. L...............	Monumenti locus. Merito libens. Monumento legavit. Miles legionis. Marci libertus.
M. R. S. F. C......	Merens suæ fecit conjugi.
M. SS. V. T. F..,..	Memoriæ suorum vivens titulum fecit.
M. O. P...........	Marito obsequens posuit.
M. S...............	Manibus sacrum. Merito solvit.
MS............	Menses.
M. S. D. D.........	Municipes sui decreto decurionum. Municipibus suis dono dedit.
M. S. S. E. H. N. S..	Monumentum sive sepulcrum exterum heredem non sequitur.

N

N.................	Nautæ, natione, numero, nepos, natus, nomen, noster.
N. AGR. AM. P. XV.	Numerator agri ambitus pedes quindecim.
N. D. D............	Numini dono dedit, vel dedicavit.
N. D. F. E..	Ne de familia exeat.
N. H. V. N. AVG....	Nuncupavit hoc votum numini Augusto.
N. E. P. D. I......	Nomini ejus ponendum dicandumque jussit.
N. I. D............	Nomine ipsius dedit. Numinis jussu dedicavit.

N. L. M. F. ET. TV..	Nobis locum monumenti fecit et tumulum.
N. LON. P. X.........	Non longe pedes decem.
N. N................	Nostri, nomen, *vel* nomine.
N. M. N S..........	Novum monumentum nomine suo.
N. MQ. E. D........	Numini majestatique ejus devotissimus.
N. TRAS. H. L......	Non transilias hunc locum.
NR................	Nostræ.
N. P. C...........	Nomine proprio curavit.
N. S..............	Nomine suo. Non sequitur. Novum sepulcrum.
N. T. M...........	Numini tutelari municipii.
N. V. N. D. N. P. O.	Neque vendetur, neque donabitur, neque pignori obligabitur.
N. V. H. INF. S.....	Neminem volumus hoc inferri sepulcro.

O

O................	*Pro puncto, non littera* : olla, ossa, officium, omnis, optimus, ordo, ostendit.
OB..............	Obiit.
OB. H..........	Ob honorem.
OB. M. P. ET. C...	Ob merito pietatis et concordiæ.
O. D. S. M........	Optime de se merito.
O. E.............	Ollam emit. Ossa ejus.

O. E. B. Q. C...... Ossa ejus bene quiescant condita.

O. O............. Olla ossuaria.

OL. III.......... Ollas tres.

O. L. O. C........ . Opere locato opere conducto.

O̅M̅............. Omnia.

O. H. S. S......... Ossa hic sita sunt.

OB. R. B. G........ Ob rem bene gestam.

O. C. S............ Ob cives servatos.

O. F. N. D......... Opus fecit numini devotus. Omni
fide numini dedicat.

O. M.... .... Optimo maximo. Optime merito.

O. M. D. S .... Optime merito de se.

O. H. F. IN. R. P. S. Omnibus honoribus functus in re-
publica sua.

O. L........ ...... Ollam legit, *vel* locavit.

OL. D. D.......... Ollam dono dedit.

O P.. .... Opifera, *vel* ollas posuit. Optimus
puer, *vel* puber, *vel* patronus.

OM. HON. M. F.... Omnibus honoribus municipii
functus.

OM. S........... Omnibus.

O. M. S.......... Optimo maximo sacrum.

O. S. E. H. N. S.... Ollarum series, *vel* scola exter-
num heredem non sequitur.

O. M. T........... Optimo maximo tonanti.

O. M V. E .... Omnibus vivens fecit.

O. V............. Ollæ quinque.

Θ Θ............. Defunctis.

Θ............... Defunctus.

O. P. D...............	Olla publice data.
O. V. F. L. M.........	Omnibus vivus fecit libens merito.
OP. ET. S. P.........	Optimo et sancto patrono.
O. P. F...............	Optimo patri, *vel* patrono fecit.
OPT...................	Oportet, optio, optimus.
O. V. D...............	Optimo vivo dedit.
O. V. F...............	Optimo vivo fecit.

P

P...................	Parentes. Pater. Perpetuus. Puella. Patronus. Publicus. Pro. Post. Passus. Pecunia. Pedes. Pius. Posuit. Puer.
PAT. F. P. F......	Pater filio, *vel* patri filius poni fecit.
PATR. B. M. S. P...	Patrono bene merito sepulcrum posuit.
PAR.B. M. F. H. P. M	Parentibus bene merentibus filius hoc posuit monumentum.
P. C. ET. S. AS. D.	Ponendum curavit et sub ascia dedicavit.
P. C. O. S. V. T. I.	Ponendum curavit ossuarium sibi vivens testamento institutum.
P. C. R	Ponendum curavit requietorium.
P. A. P. B. M	Patri, avo, patrono bene merenti.
P. D. D.............	Publice dedicatum. Posito decreto decurionum.
P. D. S. M..........	Posuit de suo monumentum. Publice dedit sibi monumentum.

P. C.	Puero clarissimo, *vel* carissimo. Patrono coloniæ, *vel* corporis, *vel* collegii. Ponendum, *vel* publice curavit.
P. E.	Posteris eorum, *vel* ejus. Publice erexit.
P. C. N.	Patrono corporis nostri. Posuerunt communi nomine.
PED. Q. BIN.	Pedes quadrati bini.
P. EQ. M.	Publico equo meruit.
P. D. F.	Publico decreto fecerunt.
P. F.	Pater filio. Patri filius. Pia fidelis, *vel* felix. Ponere fecit. Publice fecit.
P. F. F. M	Pater filio fecit, *vel* patri filius fecit mœrens.
P. M.	Plus minus. Passus mille. Patronus municipii. Pedes mille. Post mortem. Posuit mœrenti Posuit mœrens. Posuit monumentum.
P. F. M. S. I. L. P.	Pater filio monumentum sua impensa libens posuit.
P. I.	Poni jussit.
P. P.	Pater patriæ. Perpetuus præpositus. Patrono *vel* patri, *vel* publice posuit. Pecunia publica. Propria pecunia. Pro portione.
P. F. PQ. C.	Publice fecit, ponendumque curavit.
P. P. V. P.	Pro pietate vivi posuerunt.
P. H. C	Ponendum hic curavit.
P. H. E	Positus hic est.

P. H. M. N. H	Posteri hoc monumentum non habeant. Posuit hoc monumentum nomine heredis.
P. QQ. L. D	Permissu quinquennalium locus datus.
P. I. S	Pia in suos. Ponendum jussit sibi. Publica impensa sepultus.
P. I. S. H. S. E. S. T. T. L.	Pius in suos hic situs est, sit tibi terra levis.
P. Q	Pedes quadrati. Pedes quinque. Posterisque.
P. K. A	Pater karissime ave.
P. L	Posuit libens, *vel* lugens. Publii libertus.
P. LL	Posuerunt libentissime.
P. S. *vel* **PRO. S.** . . .	Pro salute.
P. L. M	Posuit libens merito. Posuit *vel* procuravit locum monumenti.
P. O. M. S	Patri *vel* patrono, optime merito sacrum.
P. P. B. M.	Patrono posuit bene merenti.
PRSQ	Posterisque.
P. P. C	Propria pecunia curavit.
P. P. DD	Propria pecunia dedicavit.
P. S. V	Professione soluti voti, *vel* pro soluto voto. Posuit suscepto voto. Posuit sibi vivens. Proprio sumptu vivens.
P. P. F. E. S. E. PQ E.	Propria pecunia fecit et sibi et suis posterisque eorum.
P. P. I	Posuit propria impensa.

P. P. P. H. C.	Propria pecunia ponendum hic curavit.
P. V.	Post victoriam. Pro voto. Posuit vivens. Pedes quinque. Perfectissimus *vel* pius vir.
P. T. S.	Posuit titulum sibi.
P. S. P. C. R.	Pecunia sua ponendum curavit requietorium.
PQ. S. V. F.	Posterisque suis vivens fecit.
POS. MIS.	Post missionem.
P. V. V. L. S.	Pro ut voverat libens solvit.

Q

Q	Qui. Quæ. Quod. Quæstor. Quieti. Quadrati, (*scilicet* pedes.)
Q. B.	Qui bixit, *pro* vixit.
Q. V. M. S. B.	Qui vixit mecum sine bile.
Q. B. M. V.	Qui bene mecum vixit.
Q. Q. V. P. L.	Quoquo versus pedes quinquaginta.
Q. C. P. R. B. Q.	Qui cum pace repositi bene quiescant.
Q. HH. SS.	Qui heredes sunt.
Q. S. P. P. S.	Qui sacris publicis præsto sunt.
Q. Q. V.L. H. S.	Quoquo versum latitudo huic sepulcro.
Q. V. A.	Qui vixit annos.

R

R...................	Ripa. Recto. Requietorium. Retro.
R. E...............	Requietorium erexit.
R. E. C. H.........	Requietorium ejus curavit hic.
R. P...............	Res publica. Retro pedes.
RET. P.............	Retro pedes.
R. G. C............	Rei gerundæ causa.
R. N. L. P. X.......	Retro non longe pedes decem.
R. R. PROX. CIP. P. X.	Rejectis ruderibus proxime cippum pedes decem.
R. S. P.............	Requietorium sibi posuit.

S

S...................	Secundus. Sextus. Sepulcrum. Suis. Sibi. Sine. Salus. Solvit. Sacrum. Semis. Sequitur. Situs. Stipendium. Sub. Sepultus.
S. A. S.............	Sub ascia sacravit. Soli aram sacravit.
S. A. D.............	Sub ascia dedicavit.
S. C. D. S..........	Sibi curavit de suo.
S. C...............	Sanctissimo. Sicut. Senatus consulto.
S. C. E. C..........	Simul cum eo conditus.

S. B.	Sibi bene.
S. C. F.	Sacro facto. Senatus consulto faciundum.
S. DD.	Simul dederunt, *vel* dedicaverunt.
S. D.	Sub die. Sacrum diis. Sacrum dedit. Sibi dedit. Soli dedit.
S. D. M.	Sacrum dîs manibus.
S. L. M.	Suscepto libens merito. Solvit libens merito. Sibi locum monumenti.
S. D. S.	Sibi de suo. Soli Deo sacrum.
S. P.	Sanctissimæ puellæ. Sua pecunia. Sibi posuit. Sumptu proprio.
S. E.	Sibi est. Situs est.
SE. H. G. A. FE.	Secundus heres gratias agens fecit.
S. Q.	Sine querela.
S. E. T. L.	Sit ei terra levis.
S. S. P. E.	Sibi, suis, posterisque eorum.
S. F.	Sacris faciundis. Sibi fecit. Suis fecit.
S. F. S.	Sine fraude sua.
SS.	Suis.
S. H. M. P. C.	Sibi hoc monumentum ponendum curavit.
S. I. R	Sua impensa restituit.
S. P. D. D.	Sua pecunia donum dedit *vel* dedicaverunt.
S. M. A. G. S.	Sacrum memori animo gratis solvit.

S. P. C. S..........	Sua pecunia curavit sibi. Sibi posuit cum suis.
S. P. V. S..........	Sicut promiserat votum solvit. Spiritus.
S. P. L. M..........	Sibi posuit locum monumenti. Signum posuit libens merito.
S. P. P. S. F........	Sua pecunia ponere sibi fecit.

T

T....................	Tribunus. Turma.
T *pro ⊙ ante puncto*....	Testamentum. Terra. Tibi. Tantum.
TB. D. F. M,........	Tibi dulcissimo filio meo.
T. P. I..............	Titulum poni jussit. Testamento poni jussit.
T. C....·..........	Testamento curavit, *vel* constituit.
T. E. I. EX. IIS. II.	Testamento ejus jussit ex sestertiis duobus.
T. F. C. H. S. E......	Testamento fieri curavit hic situs est.

V

V....................	Vale. Vivus. Vir. Uxor. Quinque. Votum. Vivens.
VT...................	Vovit. Vixit.

V. A. F............	Vivus aram fecit.
V. B..............	Viro bono.
V. A. L...........	Vovit animo libens.
V. C.............	Vir clarissimus. Vale conjux. Vivens curavit.
V. D. A..........	Vale dulcis anima.
V. D.............	Vir devotus. Vivens dedit, *vel* dedicavit. Votum dedit.
V. D. P. S........	Vivens dedit proprio sumptu. Vivens de pecunia sua.
V. F..............	Vivus fecit. Votum fecit. Voluit fieri.
V. F. C...........	Vivens faciendum curavit.
V. I..............	Vir illustris.
V. F. F. G........	Vivens fieri fecit gratis. Viventes fecerunt gratis.
VI. D. S. E......	Sex dierum situs est
V. F. H. M. H. N. S.	Vivens fecit hoc monumentum heres non sequitur.
V. K..............	Vivo karissimo.
V. F. N. M. N. S..	Vivens fecit novum monumentum nomine suo.
V. M.	Vir magnificus.
V. F. S. E. CO. S. B. M	Vivens fecit sibi et conjugi suæ bene merenti.
V. L. M...........	Vovit lubens merito. *Non raro legitur duplex* LL; *tunc dicit:* lætus lubens merito.
V. L. A. S........	Votum libens animo solvit.
V. L. S...........	Votum lubens solvit.

V. L M. S	Votum lubens merito solvit. Vivens locum monumenti sibi.
V. P	Vir perfectissimus. Vivus posuit. Votum posuit.
V. P. R	Vota pro reditu.
V. S	Vir spectabilis. Votum solvit. Vivens sibi. Voto solemni. Voto suscepto.
V. S. A. L. P	Voto suscepto animo libens posuit.
V. S. P	Vivus sibi posuit.
V. S. N. T. L. P	Vivens sibi novum tituli locum posuit.
V. V	Vivi veterani. Ut voverat.
V. S. S. L. M	Voto suscepto solvit libens merito.
V. V. L. M	Ut voverat lubens merito.
V. V. SS	Vivi sibi suisque.

NOTES

SUR LES

PROMENADES DANS LA VILLE D'ARLES

ET SES ENVIRONS

~∞~

NOTES

Commençons, avant tout, par une rectification :

Nous avons dit en note, page 50, en parlant du palais de Constantin, qu'il fut appelé palais *de la Trouille, Aula Troliæ*, à cause du bac à treuil qui·servait, non loin de là, à passer le Rhône.

Cette définition ne nous satisfaisait guère et nous ne l'avions donnée que parce qu'elle est assez accréditée.

Nous sommes heureux aujourd'hui de pouvoir indiquer de ce nom une étymologie bien différente, mais qui nous paraît être la vraie. Nous la trouvons dans une notice sur Saint-Trophime d'Arles publiée par M. l'abbé Bernard, archiprêtre d'Arles.

Le mot grec Θολος, *dôme, voûte*, est devenu *trola* dans la basse latinité, et c'est ainsi que les auteurs byzantins appellent les dômes qui couronnent les édifices sacrés. Or, dans le palais de Constantin, à Arles, se trouvait, au nord, la partie de l'édifice destinée aux grandes solennités impériales, partie la plus monumentale et que terminait une grande abside couverte par une voûte ou dôme hémisphérique de dix mètres de diamètre intérieur.

C'est du nom de ce dôme, *trola*, dont on a fait facilement *la trouille*, en en modifiant légèrement la terminaison.

NOTE Nº 1

Etang de Berre

L'étang de Berre est cette mer intérieure dont la nature nous a dotés dans la Méditerranée, pour en faire un abri qu'il conviendrait d'utiliser en y installant des chantiers de construction et des établissements, et un port militaire de premier ordre. Ce vaste étang, dont la circonférence est de 80 kilomètres, communique avec la mer par un canal de 8 kilomètres. La ville des Martigues se trouve à l'une des extrémités du canal, et Port-de-Bouc est situé de l'autre côté sur le bord de la mer. Ce canal a 6 mètres de profondeur ; il suffirait de le creuser encore de 3 mètres et de le prolonger tant soit peu dans l'étang pour arriver plus facilement aux grands fonds.

Il ne faut pas se dissimuler que dans le cas d'une guerre, à laquelle l'Europe semble se préparer, la Méditerranée pourrait être le théâtre d'une lutte importante que nous désirons ne pas devoir se produire ; mais, dans le cas contraire, il serait de la plus grande importance de se ménager sur notre littoral méditerranéen un port de refuge pour abriter notre marine militaire et pour soustraire nos bâtiments de commerce aux poursuites des cuirassés ennemis.

La question de faire de l'étang de Berre un vaste port militaire n'est pas d'aujourd'hui. Les avantages que présente cette position exceptionnelle n'ont cessé de frapper les hommes compétents depuis que Colbert a créé une marine en France. Ce projet, — en faveur duquel M. Leydet, député des Bouches-du-Rhône, a prononcé dans la séance du 20 janvier 1889, un remarquable discours, malgré la réponse de M. Krantz, ministre de la marine, qui ne voyait pas la nécessité de faire un port de l'étang de Berre, — se trouve vaillamment poursuivi depuis longtemps par le commandant Sibour. Cet ancien officier de mer, après avoir étudié la question dans ses moindres détails, a commencé, dans la *Gazette du Midi*, à l'heure où j'écris ces lignes, une série de communications qui sont le prélude d'une campagne sérieuse en faveur d'un projet intéressant non-seulement notre région mais toute la France.

NOTE N° 2

Port-de-Bouc

La petite ville de Port-de-Bouc se divise en trois parties : la *Gare*, où aboutit le chemin de fer se rattachant à Miramas ; le *Canal* (celui de Bouc) aboutissant à Arles, et la *Lecque*, près de la jetée. La population de ces trois groupes, peu distants l'un de l'autre, est de 1,200 habitants, compris ceux de tout le territoire.

Le port de Bouc a une superficie de 1,460,000 hectares.

Le nombre des navires entrés dans ce port, pendant l'année 1888, s'élève à 153, avec un tonnage de 35,063 tonneaux. Ce chiffre, par nationalités, se décompose de la manière suivante :

Français	64 navires	13,799 tonneaux
Italiens	55	9,855
Grecs	14	4,114
Norvégiens	2	665
Allemands	2	667
Espagnols	7	1.372
Anglais	4	2,722
Autrichiens	4	1,734
Russes	1	135
Totaux :	153 navires ;	35,063 tx (1)

(1) Ces chiffres sont officiels.

Entrée par chalands à la remorque d'un bateau à vapeur : lignite 6,000 tonnes; sel gros, 400 tonneaux.

Sortie par chalands, etc , etc. : charbon 35,000 ton.

Il est descendu d'Arles, par penelles ou barques de canal, 60,000 tonnes de charbon menu.

Les marchandises d'importation sont le brai , charbon , lignite, morue, sel.

Et à l'exportation, le charbon, morue, sel.

Il y a à Port-de-Bouc :

L'Usine des agglomérés du sud-est ;

Une sècherie de morues qui en manipule en moyenne par année 3,000,000 de k.;

Un dépôt de pétrole qui n'est qu'à ses débuts, mais qui deviendra d'une grande importance, si l'on en juge par le nombre de barils arrivés depuis peu de temps, plus de 20,000, et ceux qui sont en route ou en charge, en Amérique, à destination de Port-de-Bouc ;

Et une chaudronnerie.

Le canal de navigation d'Arles à Port-de-Bouc a été créé dans le double but de dessécher les marais de la rive gauche du Rhône et de faciliter aux navires qui remontent le fleuve une navigation rendue parfois dangereuse par les barres de sable qui se forment à ses embouchures. Ce canal, commencé sous le Consulat en 1802, a été suspendu de 1818 à 1823. Les travaux ont été repris en exécution de la loi de 1822, concernant les canaux du royaume, et celui de Bouc a été terminé en 1835. Il a une longueur de 47,338 mètres (47 kilom. environ) et une largeur de 14 mètres 40 centimètres au plafond ; des talus de 2 mètres de base par 1 mètre de hauteur; une cuvette de 4 mètres de hauteur, dont 2 occupés par l'eau et 2 pour arriver au niveau des chemins de halage, de 3 mètres de largeur de voie. Ce canal, qui part de Port-de-Bouc, aboutit au sud des murs d'Arles, immédiatement en aval de l'embouchure du canal de Craponne.

Une loi du 5 août 1882 avait autorisé les travaux d'amélioration du port de Bouc. Ces travaux, qu'il est urgent d'entreprendre, vont, paraît-il, ne pas tarder à avoir leur exécution, si l'on en juge par la réponse du ministre des travaux publics à M. Félix Piat, député des Bouches-du-Rhône, dans la séance de la Chambre des députés du 13 décembre 1888. « Les ingénieurs, a dit M. le ministre, ont été chargés de présenter un rapport comportant le dragage, à la cote de 6ᵐ50, du chenal d'entrée ainsi que de la partie du port située au nord de la jetée, sur une longueur de 325 mètres et une largeur de 330 mètres. » Ce travail permettra aux navires chargés de pétrole, d'accoster au point très voisin des magasins et des usines d'exportation, et donnera satisfaction aux vœux dont M. le député des Bouches-du-Rhône s'est fait l'interprète auprès du gouvernement. »

NOTE N° 3

Théâtre d'Orange

Le vœu d'un projet de restauration du théâtre romain d'Orange, a été présenté récemment à M. le ministre de l'Instruction publique et des Beaux-Arts par une délégation, reçue par lui le 10 avril 1889.

Cette délégation se composait de : MM. Maurice Faure, député de la Drôme ; Sextius Michel, maire du XVᵉ arrondissement de Paris ; Capty, maire d'Orange ; Constantin Roche et Albert Tournier.

On n'a pas oublié les brillantes fêtes internationales et le succès qu'obtinrent en août 1888 les représentations d'*Œdipe* et de *Moïse*, de Rossini, données sur cette scène antique. Il serait question de transformer ce monument remarquable en un théâtre d'été, c'est-à-dire en un Bayreuth français.

Ce projet, accueilli favorablement par le ministre, sera, assure-t-on, mis à l'étude prochainement.

NOTE Nº 4

Le Félibrige

Il est vrai de dire que le premier congrès des poètes provençaux à Arles fut le point de départ d'autres réunions de ce genre
connues sous le nom de *Roumeragi deis Troubaires*, où des
poètes, qui se connaissaient de réputation seulement, purent se
serrer la main et fraterniser.

Après la solennité poétique d'Arles, eut lieu, l'année suivante,
celle de la ville d'Aix, le 21 août 1853, avec beaucoup plus de
publicité et d'éclat, sous la présidence de Bellot.

Il n'entre pas dans notre sujet de parler des autres grandes
réunions poétiques, mais nous dirons qu'aujourd'hui le félibrige
étend ses ramifications non-seulement dans toute la Provence,
mais dans toute la France, dans l'Europe entière et jusque dans
le Nouveau-Monde, à Boston, à New-Yorck, etc.

Il compte dans ses rangs des littérateurs du plus haut mérite,
des artistes de grand renom, des personnages illustres. La princesse de Roumanie, qui, sous le pseudonyme de Carmen Silva,
a publié des œuvres charmantes, est félibresse. L'empereur du
Brésil, Don Pedro, Bonaparte--Wyse, auteur distingué, et tant
d'autres célébrités, sont félibres.

Le félibrige est entré une première fois à l'Académie française
avec Victor de Laprade. Il y a siégé de nouveau en la personne
de Victorien Sardou, proclamé félibre à Hyères le 25 mai 1885,
avec d'autres auteurs distingués, dans la grande réunion des
félibres de la maintenance de Provence, présidée par Frédéric
Mistral.

Disons, enfin, que tout récemment, le 30 mai 1889, jour de
l'Ascension, une brillante et nombreuse réunion des félibres de
la maintenance de Provence, a eu lieu sur les ruines mêmes de
Montmajour, où ils ont célébré le *festenau de Santo Estèlo*. Le

capoulié J. Roumanille, qui la présidait, y a rappelé en émouvantes paroles dites en son cher idiome, la belle fête félibréenne qui eut lieu à Arles en août 1852, et dans laquelle Frédéric Mistral paraissait déjà à tous songeur et rêveur : « Vesié dins si pantai....ié veni à l'endavans, glouriouso e sourrisento, Mirèio em'Esterello, Nerto e la Reino Jano.... »

Quel chemin parcouru depuis lors par notre grand poète provençal et par tant d'autres félibres qui ont suivi ses glorieuses traces !

NOTE Nº 5

M. de Berluc-Pérussis, un des illustres parmi les félibres, a su néanmoins s'élever contre la prétention de substituer les dialectes d'*oc* à la langue officielle. Nous citerons volontiers ici ses sages paroles publiées par la *Revue des Langues romanes* :

« Cette glorieuse résurrection de la littérature romane a donné lieu, vous le savez, à deux courants contraires.

« Quelques-uns, outrepassant la pensée du maître, poussant jusqu'à l'intolérance la religion de la terre natale et de son doux parler, ont prétendu substituer les dialectes d'*oc* à la langue officielle, et regarderaient volontiers comme un renégat de la patrie provençale celui qui, parmi nous, se hasarde à rimer en français.

« D'autres, étrangers — je les plains — à ce noble et saint amour du langage maternel, ou mus par un scrupule exagéré de leur patriotisme, voudraient proscrire, au nom de notre unité politique en danger, le culte pieux et inoffensif du verbe local.

« Entre ces deux opinions, l'une et l'autre excessives, il y avait naturellement place pour un tempérament sage et mesuré. Pourquoi les deux langues ne vivraient-elles pas côte à côte dans les lettres comme elles vivent dans le peuple ? Pourquoi, lorsque nous avons en main deux instruments merveilleux, briser l'un ou interdire l'autre ? Tandis que de deux idiomes également chers, le premier nous attache au sol paternel, et le second nous met en communion d'idées avec l'univers entier: pourquoi

établir entre eux une lutte impie ? Ne pouvons-nous parler avec
celui-ci et chanter avec celui-là ?

« Nos pères, au temps de Strabon, étaient déjà bilingues ; c'est
notre cachet distinctif, parmi les provinces de la France, c'est
notre fierté justifiée, d'avoir deux littératures, et, tout en pro-
duisant des chefs-d'œuvre impérissables comme *Mirèio*, d'as-
seoir, de temps à autre, sur l'un des quarante fauteuils, un Mas-
sillon, un Autran, un Thiers ou un Mignet. »

NOTE N° 6

Maison des Baux

Il n'est pas un historien qui dans ses annales n'ait consacré
une large place à l'illustre maison des Baux, à cause de la
grande puissance qu'elle avait acquise et de ses hautes alliances.
Parmi ces écrivains, celui qui apparaît comme son véritable historien, est M. le docteur L. Barthélemy, membre de l'Académie
de Marseille, dont le remarquable ouvrage, publié en 1882 (1),
est le fruit d'incessantes recherches dans les archives de plusieurs départements de notre région, et, en Italie, dans celles du
Vatican, de Venise et de Naples. C'est ainsi que le conscien-
cieux chercheur a pu se procurer de nombreux documents et
donner une analyse fidèle de plus de deux mille chartes. On
trouve dans l'introduction de M. Barthélemy toutes les branches
de la famille des Baux avec leurs rameaux. Ce travail se complète par des tables généalogiques et des planches de sigillo-
graphie. Ceux qui s'occupent de l'histoire de Provence pourront
consulter ce bel ouvrage, indispensable aux généalogistes et à

---

(1) *Inventaire chronologique et analytique des chartes de la maison des Baux*, par
le docteur L. BARTHÉLEMY. Marseille, Barlatier-Feissat père et fils, un fort
vol. in-8· de xxxii-680 pages, avec 15 planches de sceaux, 5 tableaux généalogiques et une carte géographique.

toutes les personnes à la recherche de renseignements peu connus sur les anciennes familles de Provence.

NOTE N° 7

C'est le 11 avril 1889 que le duc de Nassau a prêté, en séance solennelle de la Chambre, serment à la Constitution et aux lois du pays. Répondant au président de la Chambre, le nouveau régent a prononcé une allocution dont voici la péroraison :

« Dès aujourd'hui, je suis Luxembourgeois comme vous, Messieurs, Luxembourgeois de cœur et d'âme. (*Bravo*!) Je ne demande qu'à travailler avec vous au développement moral et matériel de notre Patrie commune, au maintien de ses institutions et à la consolidation de son autonomie et de son indépendance! (*Bravo*). En agissant ainsi, je ne ferai d'ailleurs que mon devoir, et ce devoir, vous le savez par expérience, a toujours été le guide, la loi suprême de la maison de Nassau.

« Je me hâte d'ajouter que ce devoir concorde avec mes aspirations intimes, et ces sentiments je ne saurais mieux les rendre qu'en me servant de l'antique devise de la maison d'Orange-Nassau, que Sa Majesté et moi nous avons adoptée il y a plus de trente ans, pour l'ordre du Lion d'Or commun aux deux branches de notre maison, devise que tant de fois vous avez chaleureusement acclamée et qui est en ce moment un éloge du passé et un engagement pour l'avenir. Cette devise est : « Je maintiendrai ! »

NOTE N° 8

Tour-Saint-Louis

« Aux temps où la ville d'Arles jouissait, en vertu de ses antiques privilèges, d'une sorte d'autonomie communale, elle s'était constituée gardienne de cette partie du fleuve qu'on appelle aujourd'hui le *Rhône maritime* ; et elle s'efforçait avec un soin jaloux, au prix d'énormes sacrifices, d'y maintenir son protectorat et son autorité même excessive. Seule elle pourvoyait à l'entretien des forts, tours ou *balouards* destinés à la défense de notre territoire, trop souvent visité par les pirates barbaresques, Catalans, etc...., et Martégaux ; seule elle en fournissait la petite garnison ; seule elle en exerçait le commandement par des capitaines à sa solde.

« Mais les temps étaient bien changés en 1735 : l'unité nationale s'était faite ; le pouvoir royal avait absorbé les anciennes prérogatives municipales dont il ne laissait subsister, par calcul, que des simulacres vains et coûteux. La ville d'Arles s'empressa de déclarer (11 novembre 1736) qu'elle ne prétendait plus nommer à la capitainerie des forts du Rhône. Le Conseil d'Etat accepta cette déclaration (19 mars 1737), et, le 15 septembre suivant, la construction d'une nouvelle tour était commencée. Elle dura trois ans, jour par jour, et coûta 15,000 livres, fournies par une légère augmentation d'impôt sur le sel.

« La tour fut inaugurée le 15 septembre 1740 ; elle reçut le nom de *Saint-Louis*, en mémoire du roi de France qui était encore Louis le Bien-aimé. (1) »

La tour Saint-Louis remplaçait celle de Saint-Genès qui défendait l'entrée de l'ancien lit du Rhône obstrué par les atterrissements, depuis que, en l'année 1711, le Rhône, par une crue subite, s'ouvrit près de ses embouchures un nouveau passage, traversant les terrains d'alluvion qu'il avait formés, et se creusa un lit qui devint le seul navigable. Par suite de cet évènement, la tour Saint-Genès n'avait plus d'utilité et un arrêt du Conseil d'Etat (25 septembre 1735) avait prescrit de la faire remplacer par une autre tour d'observation qui fut, et est toujours, celle de Saint-Louis.

---

(1) Tamizey de Laroque.

NOTE Nº 9

La Crau, partie méridionale

La chaîne de collines qui, vers l'extrémité méridionale du grand triangle de la Crau, sépare la plaine de ce nom de l'étang de Berre, présente des abaissements de terrain contenant de l'eau salée, plus ou moins desséchés et qui se trouvaient jadis en communication avec la mer. Parmi ces lacs, nous citons le *Poura* et le *Citis*. Dans celui de la *Valduc*, en voie de dessèchement, on a établi des salines dont la salure de l'eau utilisée a été augmentée par suite de l'évaporation. De nos jours le Poura et le Citis, sont entièrement desséchés. Celui de la Valduc est à 13 mètres au-dessus du golfe de Fos. Quel pouvait être l'aspect de ce territoire, couvert de petits lacs salés, avant l'époque préhistorique ? « Sur l'emplacement occupé aujourd'hui par les salins de Rassüen, s'étendait un golfe profondément dessiné dans les terres, se reliant à la Valduc, et, par le Poura, à la mer ; véritable fliord sans cesse alimenté par la mer et dans lequel la vie animale devait être d'une grande richesse, favorisée par le développement de la vie végétale dans ces eaux peu profondes, échauffées par le soleil et abritées contre les vents. (1) » A cette époque éloignée, le sel, se déposant de lui-même dans les eaux abritées de la Valduc, peut bien avoir attiré les premiers habitants par l'appât d'un commerce nouveau, source productive d'échange : celui de l'exploitation du sel, établi à Rassüen par ses premiers habitants. Outre que la Valduc leur offrait la pêche et par suite une alimentation facile, une source d'eau abondante coulait dans ces lieux où tout semblait attirer une colonie. Les bois des environs devaient leur fournir les paturages, et ils trou-

---

(1) ALPHONSE BAUX, *L'homme préhistorique dans les Bouches-du-Rhône*. Etude publiée dans la *Revue de Marseille*, mois de juin 1880.

vaient dans les produits de la chasse la nourriture et le vête-
ment.

Puisque nous nous sommes placés au point de vue des temps
préhistoriques, disons que la physionomie de ces lieux a dû subir
de profonds changements.

A la suite des travaux entrepris par la Société des produits
chimiques du Midi, au pied de la falaise de Rassüen, pour prendre du sable, les ouvriers ont mis à découvert de nombreux débris de poterie, mêlés à des ossements d'animaux, des instruments en pierre et en os, et des restes humains, enfoncés,
comme cela s'est rencontré à plusieurs reprises, dans les pierres
du foyer. On doit à M. Alphonse Baux, auteur de l'étude remarquable où nous puisons ces détails intéressants, d'avoir réuni
sur les lieux une série de preuves sur la présence de l'homme
primitif à Rassüen. Ainsi, dans les os brisés on a retrouvé le
cheval, le bœuf, le mouton, le chien, le cerf, le sanglier, le chat
sauvage et le rat. Ensuite des machoires de poisson (dorade), un
fragment d'une pince de crabe, des hélices et des coquilles ma-
rines n'existant plus dans la Valduc et qui y existaient autrefois:
moules, patelles, huîtres, etc.

Outre les débris nombreux de poteries, en général grossières,
de couleur brune, noire, grise, avec anses de diverses formes,
on a trouvé à Rassüen une série de haches en serpentine polie,
des lames, racloirs et pointes en silex fabriqués sans doute sur
les lieux, si l'on en juge par les nombreux débris et éclats de
silex extraits des fouilles. La vallée de l'Arc et les Alpines devaient fournir les silex, parmi lesquels on remarque également
le silex pyromaque brun, et le silex blanc.

Les instruments en os trouvés en abondance sont : des lames
aiguisées par le frottement sur un grès, des racloirs pour la
préparation des peaux et des alènes très fines pour les coudre,
des espèces de marteaux ou pilons, cailloux naturels pris dans
la Crau et dont le mortier était une large pierre plate en calcaire
où se trouve un petit creux, dont la largeur et la profondeur

correspondent à la forme d'un des cailloux roulés en pierre dure qui servaient de pilon.

Sans entrer dans les détails d'autres fouilles, pour lesquels nous renvoyons le lecteur curieux à l'étude de M. Alphonse Baux, nous ne saurions, pas plus que lui, rien apprendre sur l'homme primitif dont la vie, si différente de la nôtre, est restée ignorée pendant de longs siècles, dont les seules et modestes richesses étaient des cailloux de la Crau et des instruments en silex, en os, dont quelques-uns sont d'un travail remarquable.

NOTE N° 10

Chevaux de la Camargue

On croit généralement que les chevaux camargue ont été apportés d'Afrique par les Maures, lors de l'invasion de l'Espagne et de nos provinces méridionales. « Ils ont, dit M. Poulle, l'encolure et la taille des chevaux arabes ; ils leur ressemblent par la tête ; comme eux ils ont les tendons très détachés du canon, le jarret droit, les hanches larges ; enfin les autres parties des extrémités, quoique dégénérées dans les chevaux de la Camargue, ont la plus grande analogie de conformation avec les correspondantes dans le cheval arabe. »

Pour continuer le portrait de l'animal que nous appelons sauvage, qu'on peut civiliser et améliorer, nous ajouterons, toujours d'après M. Poulle, que : « Les chevaux de la Camargue sont généralement blancs ; quelques-uns seulement ont un manteau gris qui s'affaiblit avec l'âge et disparaît dans leur postérité. Ils ont le coffre bien formé, les extrémités bonnes et assez belles, la tête un peu grosse, les barres plus sensibles que dures, les yeux grands, à fleur de tête et garnis de prunelles très dilatables, les oreilles courtes et bien placées, la poitrine large et forte, les bras musculeux, les hanches vigoureuses, la queue touffue' et bien attachée (1). »

Ces solipèdes de la Camargue, qui en partagent les pâturages avec les taureaux, naissent, se propagent et meurent là où ils n'ont cessé de jouir de la liberté. La longévité, qui chez eux dépasse vingt-cinq ans, est attribuée à la liberté dont ils ne cessent de profiter dans les solitudes qu'ils parcourent avec leurs maîtres. Leur naturel ardent les rend capables, dit-on, de parcourir cent kilomètres d'un trait. Il ne faudrait pourtant pas croire que ces animaux soient complètement abandonnés à eux-mêmes ; des gardiens surveillent les troupeaux et apposent sur les nouveau-nés la marque destinée à assurer les droits de propriété de leurs maîtres.

---

(1) M. Poulle, ingénieur des Ponts et Chaussées.

COMPTES RENDUS

SUR LA

PROMENADE

DANS LA VALLÉE DE ROQUEFAVOUR

OUVRAGE PUBLIÉ PAR M. RÉVEILLÉ DE BEAUREGARD

EN 1887

COMPTES RENDUS

Extrait du Rapport général sur les Concours ouverts par la Société de Statistique de Marseille, en 1887, par le docteur A. SICARD, officier d'académie, secrétaire perpétuel, lu le 22 janvier 1888.

. . . .

Plusieurs ouvrages imprimés intéressant le commerce de Marseille ou celui du département des Bouches-du-Rhône, nous ont été adressés. M. Réveillé de Beauregard, dont le nom est bien connu parmi nous par ses travaux, envoie une brochure intitulée : *Promenade dans la vallée de Roquefavour.*

Donner la description de cette magnifique vallée de Roquefavour, des détails sur la fondation de son illustre ermitage, décrire cette rivière de l'Arc qui coule dans le fond de la vallée, entrer dans tous les détails intéressants, la bataille remportée par Marius sur le point où est construit le pont-aqueduc, tel est en peu de mots l'analyse du premier chapitre.

Mais, où nous devons tous nos éloges à notre lauréat, c'est d'avoir condensé en peu de mots, et avec faits à l'appui, dans son second chapitre, *le Pont-Aqueduc, sa construction et le coût du pont de Roquefavour.*

L'on trouve dans ces quelques pages tous les détails qui peuvent constituer l'histoire de ce splendide travail. Inutile de vous

dire que M. Réveillé de Beauregard rend un légitime hommage
à l'ingénieur qui a su par son génie, créer et exécuter, dès 1836,
les plans, et qui plus tard, sans avoir recours à la vapeur et aux
machines que la science a découvertes depuis cette époque,
a pu mener à bien un travail colossal auquel le monde entier
rend hommage : vous avez nommé M. de Montricher.

L'auteur n'a garde d'oublier la municipalité de notre ville et
de signaler les noms de tous, à la tête desquels se trouve
M. Consolat, alors maire de Marseille.

Si nous voulions vous donner même un simple aperçu des
détails contenus dans ce chapitre, nous dépasserions de beaucoup les limites qui nous sont assignées ; mais nous approuvons
de tout cœur le magnifique et juste éloge qu'il fait de M. de
Montricher.

Une description du plus haut intérêt, de l'ermitage de Saint-
Honorat, fait l'objet du cinquième chapitre.

L'ouvrage se termine par : *Roquefavour le jour de la Fête de
l'ermitage de Saint-Honorat.*

Faire une brochure en même temps scientifique, contenant
des descriptions attachantes, des vers et des études de mœurs,
est un grand mérite ; aussi, votre jury concède à M. Réveillé
de Beauregard une médaille de bronze, qui rappellera dans les
temps postérieurs, les mérites de cet homme d'étude et de per-
sévérance.

. . . .

. . . .

L'Union Savoisienne du 29 juin 1887.

Promenade dans la vallée de Roquefavour, par RÉVEILLÉ DE
BEAUREGARD, — Mai 1887.

L'aqueduc de Roquefavour, qui a fait la fortune de Marseille,
en l'abreuvant, et la gloire d'un ingénieur, M. de Montricher, en
réalisant son audacieuse conception, se trouve en même temps

le lieu de retraite de saint Honorat, bien connu des pèlerins provençaux et un rendez-vous continuel de touristes qu'attirent les
merveilles de la vallée de l'Arc.

A tous ces titres, Roquefavour, qui tire fort justement son
nom de *rupes favoris,* méritait d'être chanté, et c'est un félibre,
un confrère, un admirateur de Mistral, M. Réveillé de Beauregard, qui a pris la plume pour célébrer, moitié en vers, moitié
en prose, en entremêlant le tout de légendes et de saillies loca-
les, cet admirable site des Alpes du Midi, où la main de l'homme
a enchassé, comme un gigantesque bijou, un ouvrage digne des
Pharaons et des Titans.

M. de Beauregard ne se borne pas aux accents de sa lyre.
Un substantiel récit nous apprend les difficultés de construction
de l'aqueduc, nous fait assister aux fêtes de l'inauguration, qui
date de 1842, et nous donne le chiffre de la dépense, qui n'a
pas atteint quatre millions. Ferait-on aussi bien et aussi grand
aujourd'hui pour un pareil chiffre ? Nous en doutons.

Le Soleil du Midi. — 30 juin 1887.

Promenade dans la vallée de Roquefavour. — Nous sommes
dans cette saison où l'on aime passer les jours de liberté à
l'ombre des frais ombrages. La vallée de Roquefavour est souvent choisie comme l'endroit favori du repos tranquille et doux.
Mais bien peu, parmi ceux qui vont à Roquefavour, connaissent
l'histoire de cette vallée, les souvenirs qui s'y rattachent et les
beautés qui y sont cachées.

M. Réveillé de Beauregard a voulu permettre à tous les pro-
meneurs de se mettre au courant de toutes ces choses si agréables à étudier. Il vient de publier à l'imprimerie Nicot, à Aix, une
charmante brochure sous ce titre : *Promenade dans la vallée de
Roquefavour.* Tout le monde voudra la lire et méditer les char-
mants vers intercalés dans le texte et qui seront répétés par mille
lèvres.

Là je voudrais avoir un asile et des fleurs,
Loin du monde et bien loin de ses grandes douleurs.
Le calme est dans ces lieux et j'accours vers l'ombrage
Qui voile le soleil et le moindre nuage.

Le Sémaphore. — 2 juillet 1887.

Une brochure. — Sous ce titre : *Promenade dans la vallée de Roquefavour*, M. Réveillé de Beauregard, secrétaire adjoint de la Société de statistique de Marseille, vient de faire paraître une brochure qui se recommande aux personnes qui s'intéressent aux choses de notre belle Provence, dont assurément Roquefavour est un des plus beaux sites. L'auteur de cet ouvrage, dans un style clair, nous dépeint ce joli paysage. A côté de cette note, M. de Beauregard donne des renseignements très intéressants sur le pont, sa construction, le coût de ce magnifique aqueduc et jette ensuite un coup d'œil sur les travaux d'art créés par le canal de Marseille, avant et depuis son exploitation, jusqu'à ce jour. Une pièce de vers, inspirée à l'auteur par ce coin de notre Provence, termine cet ouvrage que nous recommandons à nos lecteurs.

Le Journal de Marseille. — 3 juillet 1887.

Promenade dans la vallée de Roquefavour, c'est le titre d'une charmante monographie que vient de publier à Aix, chez Nicot, M. Réveillé de Beauregard, membre de l'Académie de cette ville. Que de beautés ignorées nous révèle l'auteur, dans ces pages où l'esprit le dispute à l'érudition ! L'histoire s'y mêle à la poésie et l'anecdote à la statistique. Rien d'aride dans cette lecture ; tout y est parfumé et pittoresque comme les lieux qui sont décrits ; parfois on croirait lire un chapitre emprunté à un de ces gais conteurs du XVIIe siècle qui, à l'exemple de Chapelle et

Bachaumont, émaillaient leur prose de grands et de petits vers. Chemin faisant, M de Beauregard nous initie à tous les arcanes de la vallée célèbre, nous dépeint l'aqueduc géant, nous fait assister à sa construction, jette un coup d'œil sur les travaux d'art créés par le canal de Marseille, avant et depuis son exploitation jusqu'à ce jour, nous fait le compte de ses recettes et de ses dépenses, trace une biographie de M. de Montricher, consacre une savante notice à l'ermitage de Saint-Honorat et nous décrit dans un élégant poème la grande fête de Roquefavour

Comme on le voit, c'est un ouvrage instructif et amusant qui passera dans les mains de tous les amateurs de notre rayonnant Midi. C'est un fleuron de plus attaché à la couronne de notre belle Provence.

La Provence Nouvelle d'Aix. — 17 juillet 1887.

Promenade dans la vallée de Roquefavour, par R. DE BEAUREGARD. — En vente à Aix, chez MM. Makaire, Sardat et Imbert, libraires.

Que n'a-t-on pas écrit sur Roquefavour, cette vallée à l'aspect riant et sauvage où jadis les Romains et les Cimbres, la civilisation et la barbarie, se livrèrent de vrais combats de géants rappelant les bouleversements et les cataclysmes de la nature sur ces mêmes lieux, et dans laquelle de nos jours, au milieu du plus ravissant paysage, l'art et l'industrie sont venus édifier leurs plus sublimes merveilles ?

Mais certains sujets, et Roquefavour est du nombre, ne pourront jamais épuiser le pinceau des artistes, ni la plume des écrivains.

Dans six chapitres habilement distribués, l'auteur de la nouvelle brochure a décrit, non sans quelque attrait, tout ce que Roquefavour offre d'intéressant au savant comme au touriste, au philosophe comme à l'ami des champs.

Les hôtes illustres, romanciers, historiens, poètes, savants, diplomates, souverains, que compte ce site privilégié parmi les milliers de voyageurs qui le visitent chaque année ; l'étymologie glorieuse du nom de *Roquefavour* ; les village, hameaux et différents sites remarquables qui existent dans les environs ; la description technique de l'aqueduc, pont géant jeté là par le génie humain comme un fier et digne trait d'union entre l'œuvre de Dieu et celle des hommes ; la vie si courte et si glorieuse de l'ingénieur de Montricher, auteur du projet, directeur de tous les travaux du canal de Marseille et qui s'en alla prématurément mourir à Naples, dirigeant une autre œuvre colossale, le dessèchement du lac Fucino, achevé depuis lors et devant laquelle avaient échoué les Romains ; les fastes divers de l'ermitage de Saint-Honorat, jadis monastère occupé par des moines bénédictins, dévasté pendant la tourmente de 1789, et, depuis 1828, habité pendant quarante ans par le vénérable messire J. Martin, prêtre espagnol, ancien religieux des Carmes déchaussés, et qui, aimé et estimé de tous sous l'humble nom de *père Jacques*, a laissé de ses œuvres de dévouement un souvenir impérissable.

Tels sont les principaux éléments d'un récit varié que M. de Beauregard a terminé par une poésie sur la fête patronale de Roquefavour, après l'avoir en outre parsemé de vers appropriés aux sujets, tantôt renforçant ainsi la description d'un tableau majestueux, tantôt répandant sur les riantes beautés de la nature plus d'agrément, plus de douceur.

Nous eussions aimé connaître les précédents écrits de l'auteur pour les comparer au morceau littéraire qu'il nous offre et auquel, par un style simple et sans apprêt, il a su donner une couleur particulière assez rare.

Point de prétention dans les idées ; point de recherche outrée dans les expressions ; point de grands qualificatifs à effet. Tout y est dit naturellement, sans effort ; prose ou poésie, tout y respire une douce quiétude, la plus parfaite sérénité.

Quelle différence entre ce style reposé et sobre, mais non sans énergie, et ce style dit *moderne* mettant trop souvent les mots les plus retentissants et les plus creux au service des plus vaines idées !

Laissant toutes les audaces aux ardents, aux téméraires, M. de Beauregard se contente de la précision et de la clarté. Et c'est imbu de ces principes sages, qu'il a cru devoir rectifier après l'impression, une épithète trouvée par lui trop hardie, quoique dans un vers.

Eh bien ! qu'il nous permette, à ce sujet, de lui dire :

> Ta Muse, Beauregard, fut hardie et féconde
> Quand elle te dicta la Nature *profonde :*
> Tout en elle est profond, secret, mystérieux ;
> De la dompter chacun nous poursuivons la gloire,
> Mais le dernier combat pour tous est un déboire,
> D'elle nous ne serons jamais victorieux ;
> Et de Roquefavour, les arcades géantes,
> Dans le sein de la terre aux entrailles fumantes
> S'en iront engloutir le passé glorieux.

Mais avant que cette catastrophe arrive, il passera de l'eau sur le pont et des voyageurs sous ses arches ; et des milliers de générations pourront faire la promenade à Roquefavour avec *celle* de M. de Beauregard pour guide.

La Sentinelle du Midi, de Toulon.— 21 juillet 1887.

ACADÉMIE DU VAR. — M. le docteur Lambert, président titulaire, a dirigé la séance du mois de juillet courant. Il a annoncé que M. le secrétaire général étant absent, on serait privé du plaisir d'entendre le compte rendu des ouvrages reçus pendant le mois écoulé.

On a résumé ensuite et il a apprécié un ouvrage de M. Réveillé de Beauregard, intitulé : *Promenade dans la vallée de Roquefavour.* Sous ce titre modeste, et dans un style agréable, clair et coloré, l'auteur donne de nombreux et intéressants détails sur le pont-aqueduc, sur le canal de Marseille, M. de Montricher, architecte de génie, l'ermitage de Saint-Honorat, etc.

Des vers ornent souvent cette prose charmante de simplicité ; à chaque page presque, on rencontre l'histoire des lieux qu'on visite en compagnie de ce guide érudit.

Le Petit Marseillais. — 28 août 1887.

Nous venons de lire une attachante petite brochure qui a pour titre : *Promenade dans la vallée de Roquefavour* et pour auteur M. Réveillé de Beauregard. C'est l'historique complet du pont magnifique que nous montrons à nos visiteurs non sans fierté. C'est une description aussi vraie que poétique de ce pittoresque endroit. La meilleure preuve que ces lignes sont intéressantes, c'est qu'il nous a été impossible de ne pas aller, tout d'un trait, jusqu'au bout dans la lecture de cet opuscule.

Terminons ces comptes rendus par un sonnet adressé à l'auteur.

Acrostiche - Sonnet

A M. R. DE BEAUREGARD

auteur de la *Promenade dans la vallée de Roquefavour*

Ré pandus dans la plaine au pied du mont *Victoire*,
Veil lant sur le butin, ivres du sang versé,
Lé gions de héros, quelle était votre gloire
De vant cet ennemi de Rome dispersé ?

B annissons ces combats loin de notre mémoire,
E n de plus doux récits que l'esprit soit bercé :
A u siècle du progrès bien mieux vaut dans l'histoire
U ne hutte debout qu'un monde renversé.

R enonçant, BEAUREGARD, au sombre mélodrame
E t du crime sanglant laissant la noire trame
G arde, pour tes écrits, la science et l'humour.

A insi tes vers, chantant la lutte industrielle,
R ediront à nos fils l'œuvre immense, immortelle,
D u géant Montricher qui fit Roquefavour.

P. CHEILAN.

TABLE DES MATIÈRES

ERRATUM

Au grand titre, à l'épigraphe, au lieu de : DE FORTIA D'AUBAN, lire ; DE FORTIA D'URBAN.

OUVRAGES DU MÊME AUTEUR

NOTICE HISTORIQUE ET STATISTIQUE SUR LE CHOLÉRA D'ÉGYPTE EN. *1865. Brochure in-8o, 1878.*

L'ÉMIR IOUSSEPH-BEY-KARRAM, ou LES DRAMES DE SYRIE. Poème en sept chants, 1 vol. in-8o, 1879,

SAINT-GILLES ET SON TOMBEAU. Poème, brochure in-8o, 1879.

NOTICE HISTORIQUE ET STATISTIQUE SUR L'ÉPIZOOTIE EN ÉGYPTE, EN 1863 ET 1864. Brochure in-8o, 1879.

NOTICE HISTORIQUE SUR L'ILE DE CHYPRE. Brochure in-8o, 1879.

NOTICE HISTORIQUE ET BIOGRAPHIQUE SUR F. HENRICY-BEY, ancien président de l'Intendance Sanitaire d'Egypte. Brochure in-8o, 1880.

HISTOIRE DE LA JURIDICTION CONSULAIRE FRANÇAISE EN SYRIE. Brochure in-8o, 1886.

PROMENADE DANS LA VALLÉE DE ROQUEFAVOUR. Brochure in-8o, 1887.

Aix. — Imprimerie J. NICOT, 16, rue du Louvre. — 9680

ACHEVÉ D'IMPRIMER

le vingt novembre mil huit cent quatre-vingt-neuf

par

J. NICOT, imprimeur